DEL VIENTO Y LA MEMORIA

DEL VIENTO Y LA MEMORIA

Ramón
Pernas

ESPASA

ESPASA ℮ NARRATIVA

© Ramón Pernas, 2006
© Espasa Calpe, S. A., 2006

Diseño de colección: Tasmanias
Ilustración de cubierta: *Man sitting alongside lake, rear view,*
fotografía de Amy DeVoogd
Foto del autor (contracubierta): Jesús G. Taboada
Realización de cubierta: Ángel Sanz Martín

Depósito legal: M. 5.313-2006
ISBN: 84-670-2089-X

Espasa, en su deseo de mejorar sus publicaciones, agradecerá cualquier
sugerencia que los lectores hagan al departamento editorial por correo
electrónico: sugerencias@espasa.es

Impreso en España/Printed in Spain
Impresión: Huertas, S. A.

Editorial Espasa Calpe, S. A.
Vía de las Dos Castillas, 33. Complejo Ática - Edificio 4
28224 Pozuelo de Alarcón (Madrid)

Para las mujeres y los hombres que creen que leer es vivir.
Para Milagros, siempre...

Está muy lejos de mi intención escribir una novela. Sólo pretendo testificar en la crónica sentimental de una época y un sucedido que tuvo enorme trascendencia en la historia de estos lugares. El mío es un realismo comarcal.

Manuel Vázquez Montalbán, *Recordando a Dardé*

Mis únicas pretensiones de veracidad, se atienen a mis propios sentimientos.

Stendhal, *Vida de Henry Brulard*

L a noche en que ardió la biblioteca las campanas tocaron a rebato y los vecinos salieron a la calle para apagar el incendio.

Los que la quemaron sabían que aquella noche tenían al viento del sur como aliado. Es un viento dulzón, embriagador, encierra el secreto del sofoco y hay quien dice que trastorna a los hombres, que los enloquece. Hacía mucho calor, no se aguantaba el bochorno.

A la mañana siguiente, los marineros festejan en procesión a su patrona. La Virgen del Carmen sale de su hornacina en la colegiata y va a cabalgar la mar. Se embarca en la nao capitana y la procesión de barcos navega hasta la boca de la ría.

Por la noche, la kermés pone música al verano y las gentes del barrio marinero bailan hasta la madrugada. Recupera el pueblo su memoria. Retorna al origen de aquella ciudad de mareantes que fue muy renombrada por su flota ballenera. Ahora todo es distinto. Las fábricas de salazones no sobrevivieron a la gran riada que después del diluvio de San Mamed asoló, llevándose por delante la rivera, la parte baja del pueblo.

En el año diez desapareció el barrio de la Pescadería y la marejada se tragó los barcos amarrados en donde estaba el muelle viejo. Todavía, al recordarlo, se estremecen los hombres y se santiguan las mujeres.

El pueblo ya no mira para la mar. Creció al otro lado de la montaña, por donde trazaron la carretera nueva en los sesenta. Las familias marineras, de los pescadores, son las que gobiernan los festejos. Son las que organizan la procesión que adorna la bahía con las lanchas y las embarcaciones engalanadas con gallardetes de colores y con las banderas del alfabeto marino de señales.

El calor del verano llega por sorpresa y se queda dos meses en el pueblo.

El calor del verano se amarra a los cuerpos y se prende del aire. Hay que aguardar a que crezca agosto para que aparezcan las brisas que refrescan las noches.

La vieja costumbre de tocar las campanas a rebato avisaba de desgracias y catástrofes. Cuando la mar dejaba a un náufrago en el arenal, tañían con un toque desgarrado. Si el viento y la lluvia presagiaban la galerna, las campanas de las tres iglesias y los campaniles de los conventos no cejaban en el empeño de prevenir a los vecinos.

Cuando sonaban de madrugada solía ser porque el fuego devoraba una casa, y espabilando el sueño corríamos a sofocar el incendio.

No pasaba un año sin que ardieran tres o cuatro edificios. Debía de ser una suerte de maldición, pues cuentan las crónicas que el pueblo entero se quemó en dos ocasiones.

Dependiendo de en qué lugar estuviera el incendio y de si la marea se encontraba en pleamar o bajamar, se formaba la cadena de hombres y mujeres que transportaban el agua de la mar en calderos y baldes de latón para apagar el fuego.

Los niños hacían las labores auxiliares de reponer los cubos, llevar recados y avisos y enlazar las distintas hileras formadas por los componentes de la tropa bombera de emergencia. Todos conocíamos nuestro cometido. Era una algarabía. Recuerdo el griterío, se hablaba a pleno pulmón sin que hubiera necesidad, acaso en algún recóndito lugar del subconsciente un mecanismo secreto nos ordenara gritar para que un soplo colectivo amainara el fuego apagando las llamas.

Ardía la biblioteca. El viento del sur avivó las llamas e hizo difícil y peligrosa la tarea de intentar el rescate de los libros.

Alrededor de veinte mil volúmenes conformaban el fondo editorial de la nueva biblioteca. Se inauguró el catorce de abril, coincidiendo con el aniversario de la República. Se estableció en el antiguo edificio del Casino Obrero, cedido para tal fin, y los fondos eran la suma de donaciones de la histórica biblioteca del Círculo y las de dos indianos de origen local que desde Cuba apoyaban la cultura después de haberse enriquecido con ingenios tabaqueros.

Mi abuelo aportó tres mil volúmenes, la mayoría de zoología y botánica, heredados de un pariente sacerdote.

Se salvaron poco más de un centenar. El fuego y la falta de pericia para apagarlo dieron cuenta del resto de volúmenes.

Las pavesas volanderas eran páginas escritas por los grandes maestros de las letras. Ascendían jugando con el viento, buscaban el olimpo de donde procedían. El fuego tiene un atractivo fascinante, pero aquella hoguera era la más triste de todas las piras funerarias. Ardía, se reducía a cenizas nuestro pasado cultural. Volvíamos a ser bestias, regresábamos a la caverna de donde habíamos salido.

Muchos lloraron aquella madrugada al propagarse la identidad de las cinco personas que habían prendido fuego a la biblioteca. Todos lo sospechábamos; eran suficientemente conocidos. De los cinco, todavía vive uno.

No se suspendió la kermés de las fiestas del Carmen, pero nadie bailó al compás de la orquesta que animaba la verbena. Todo el pueblo, sin que nadie pasara consigna alguna, manifestó de esa manera su duelo.

Aquella madrugada del día dieciséis de julio de mil novecientos treinta y seis soplaba el viento del sur que avivó las llamas.

Y aquel olor se quedó todo el verano. Los efluvios de salitre y de papel quemado entraban en cada una de las casas buscando las escaleras para ascender al ático y envolverse con las brisas de la tarde.

Se podían reconocer los olores del pergamino abrasado, los aromas de vainilla de las tintas de estampar, el perfume que imaginaba procedente de las letras capitulares. A finales del mes de agosto aquel olor a cadáver se desvaía y, aún hoy, cada año por el Carmen, regresa puntual al pueblo para que no se diluyan los recuerdos de cuando ardieron los libros de la biblioteca pública.

Durante varios días, mientras se enfriaban las brasas y se apagaban los últimos rescoldos, los escombros del edificio de la biblioteca y lo que quedaba de sus fondos exhibieron impúdicamente sus tripas, la ruina y el desorden, foto fija de la desolación que, como un vendaval maldito, recorría todo el país. Aquella imagen era la metáfora de otro incendio que quemaba a España por los cuatro costados, pues esa misma semana había estallado la guerra.

Hubo libros heridos, con las tapas desgarradas, parcialmente chamuscados, que desafiaron al fuego. Los textos, resistentes a todas las calamidades que provoca el hombre, fueron trasladados al final del verano a una dependencia municipal con el noble propósito de restañar sus heridas, de restaurar las páginas dañadas. Iban a ser curados. Ya no estarían expuestos a la intemperie, al calor del mediodía y a las primeras heladas de cuando agosto da por concluido el estío.

Tres años estuvieron almacenados hasta que una mañana fueron transportados en un camión a un lugar apartado cerca del muelle viejo, justo al lado de donde mueren los barcos inservibles para la navegación. Allí, a un tiro de piedra del puerto, los libros fueron arrojados al mar por orden del alcalde, que tomó esta decisión cuando terminó la guerra.

Al amanecer, el lugar donde estuvieron quedó vacío y en el punto en el que los tiraron no quedaba ningún rastro de ellos. Cuando se comprobó su desaparición el gobernador civil dio instrucciones de buscarlos en un radio de dos millas, e incluso se contrató a un buzo que descendió a las profundidades marinas para constatar que la información no fuera un bulo. No se encontró ninguna señal. En el pueblo comentaban que saldrían a flote como los cadáveres de los náufragos, pero nunca emergieron.

Tal vez una flotilla de novelas siga navegando entre dos aguas, tal vez arribe a un puerto secreto que no viene en las cartas náuticas e inicie la misión pedagógica de la magia que produce la lectura. Yo estoy convencido del largo periplo viajero. Conozco todos los efectos balsámicos de la literatura y me consta que la gallarda flota de los volúmenes erosionados que sobrevivieron al incendio puede muy bien remontar el misterio de los libros perdidos y aparecer en algún lejano puerto.

El delegado local del Movimiento, persona con escasas luces y demasiadas sombras, vivió con la obsesión de desentrañar el misterio. Aseguran que consultó con afamados juristas, con abades y obispos, con marinos de la mercante y de la armada, con eximios escritores y con geógrafos. Mantuvo correspondencia con personalidades del exilio y con científicos del extranjero, pero ninguna respuesta fue de su agrado y no encontró razón alguna que pudiera convencerle. Tuvo una lenta agonía, y en ella creía ver el regreso de los libros a su lugar de origen, al punto de partida. En su delirio comprobaba cómo cada uno de ellos se colocaba en el anaquel que le correspondía, encontraba su hueco en la estantería según género y materia, que con el orden alfabético eran los criterios de clasificación seguidos. Contó a sus hijos que los libros estaban curados pero que parecían más viejos y cansados. Murió cuando, en su locura, aún faltaban varios ejemplares por reponer.

En el pueblo cuentan a los forasteros tan grande y misteriosa desaparición, y esperan que de estas conversaciones salga una respuesta verosímil. Yo mismo, siempre que viajé a los países de ultramar, a Iberoamérica, visité en La Habana, Montevideo o Buenos Aires librerías de lance, librerías de viejo con la esperanza de encontrar algún libro livianamente oscurecido, con signos en su cubierta o en sus páginas de haber sido rescatado de un incendio antiguo que delatara su procedencia. No tuve suerte. Ni yo, ni los amigos a los que encomendé idéntica búsqueda.

Mucho me agradaría averiguar qué novela hará las veces de nao capitana, qué libro es el barco guía, en qué formación navegan y si se dejan mimar por las corrientes secretas que son los senderos de la mar y mecen con rumor de olas a barcos y marineros.

En la memoria de las gentes continúa viva la historia de los libros perdidos.

La mar siempre devuelve lo que no es suyo, pero en este caso no ha reintegrado las obras que le fueron depositadas. Quién sabe si no existirán ciudades submarinas que nosotros desconocemos y que nutren sus bibliotecas con inesperadas donaciones como la que estamos refiriendo. Cualquier explicación me vale, porque la razón ya no sirve para interpretarla.

Las ocasiones en que volví al pueblo me acerqué a ver en la mar el lugar donde fueron sepultados los libros, la sima en la que se perdieron, y encontré a otras personas que estaban allí por el mismo motivo. Ojalá el viento del sur, el mismo que sorprendentemente sigue viniendo cada víspera del Carmen para recordar lo que sucedió aquella lejana noche, guíe, conduzca a puerto seguro la flota de los libros navegantes.

Nací en marzo del cuarenta y uno. La guerra se había terminado dos años antes y la posguerra sembró de miseria los pueblos y las ciudades. Cuando vine al mundo, el hambre vivía en los hogares de las clases populares.

Crecí escuchando historias bélicas, sucesos que acaecieron en torno al estallido de la guerra civil, tropelías cometidas con el pretexto de la defensa de España. Fue un catálogo de rencores, una antología de mezquindades que escuchaba tan a menudo que pasaron a formar parte de mi imaginario infantil. Mi padre no combatió en ninguno de los frentes de la contienda, se quedó en su casa y en su trabajo sin salir apenas. Mi padre trabajaba en el banco de Ultramar y las Colonias, era el director de la sucursal local. Librepensador y persona ilustrada, fue respetado por los dos bandos. Mi madre pertenecía a una familia de rancio abolengo pueblerino, una familia católica y muy conservadora. Mi educación en un colegio de monjas encarriló mi aprendizaje desde que tuve uso de razón al amor por los libros. De la bien surtida biblioteca familiar leía las grandes obras clásicas, que alternaba con lo mejor de la oferta literaria juvenil siguiendo los amables consejos paternos.

A los diez años acompañaba diariamente a mi progenitor a la salida del banco. Persona de costumbres fijas, se paraba a tomar dos vasos de vino en el café Argentino de la plaza Mayor. Allí fue donde escuché por primera vez la historia de los cinco falangistas que en la noche de la víspera del Carmen quemaron la biblioteca pública, historia que anidó en mi cabeza hasta obsesionarme.

Me propuse conocer todo acerca de aquel suceso. Fui cauteloso en las preguntas sin respuestas que mi madre no quería contestar, ataba cabos en las conversaciones paternas sin demasiado éxito y dos años después de fracasar en casi todas mis pesquisas abandoné mi infantil investigación, que reabrí cuando tuve noticia del misterio de los libros perdidos.

En las vacaciones de navidad del curso en que estudiaba preuniversitario volví sobre el tema. Esta vez lo contemplaba como un trabajo científico con la petulante convicción de estar recuperando un episodio histórico.

El dato que me faltaba para animarme a realizar con rigor mi búsqueda lo encontré en una mirada que me estremeció cuando una tarde vi jugar al billar, en la vieja mesa del casino, a un forastero, a un viajante de comercio vestido con un traje príncipe de Gales y de quien se decía que había sido campeón del mundo de billar artístico.

En el cruce de nuestras miradas estaba la piedra Rosetta que descifraría toda la historia.

Cuento esto por imperativo editorial, por conducir al lector y llevarlo de mi mano en un paseo a lo largo de las páginas siguientes. Los imperativos editoriales no son otra cosa que amables consejos de los editores. Tienen razón casi siempre, pues sólo tienen un pie en el estribo de la ficción, el otro está en el mundo real. Yo siempre mezclé ambos mundos y confundí frecuentemente lo mejor y lo peor de ambos.

Volviendo a mi vida, acaso sin ningún interés singular, tengo que añadir que profesionalmente me dediqué al periodismo en un diario de la capital donde trabajé durante cuarenta años. Recorrí todo el escalafón de la redacción hasta ser subdirector del periódico. Mi mayor ambición consistió en contar esta historia que ahora mismo están leyendo, contarla y escribirla, escribirla y publicarla y hacerla llegar a un universo plural de lectores para que sean mis cómplices, compartiendo la misma pasión lectora que yo sentí escribiéndola.

Al fin lo he conseguido. Les voy a acompañar en este párvulo viaje, un viaje por la crónica menor de un suceso que conmovió a varias generaciones de habitantes de las comarcas del poniente, cuando cinco falangistas quemaron la biblioteca municipal de mi pueblo, de la que estábamos orgullosos. Fue una noche en la que el viento del sur alzó las pavesas hasta confundirlas con el cielo inflamado por las llamas, sucedió la víspera del Carmen, patrona de los marineros.

Mi padre falleció hace muchos años. Él no pudo leer todo el libro, no supo cómo concluyeron mis pesquisas. Fue consciente de que asumí su legado, de que esta historia que él me contó cuando le rogué que me la narrara, se estaba convirtiendo en el eje de toda mi vida.

—Cuéntala como un testigo, ayuda tú mismo a sofocar el incendio, da razón de cómo éramos, de cómo era el pueblo aunque tú no hubieras nacido. Los narradores —me recomendó mi padre— deben implicarse formalmente con todo lo que cuentan. Lo más verosímil no es nunca evidente.

He seguido su consejo al pie de la letra.

Cuando me mudé a otra ciudad, la noche antes del viaje recibí en mi casa un paquete sin remitente. Lo abrí curioso. Envuelto en hojas de un periódico del mes de julio del año treinta y seis en donde se da noticia del incendio de la biblioteca, alguien me enviaba un tomo rescatado del fuego, salvado del incendio. Editado en Barcelona por La Ilustración en el año 1871, era el primero de la colección de las joyas de la literatura universal publicadas bajo la dirección literaria de don Francisco José Orellana. Se trataba de la *Divina Comedia,* de Dante Alighieri, traducida al castellano por don Manuel Aranda y con notas de Paolo Costa. En muchas de sus páginas, una impresión realizada con un sello de caucho da cuenta de su procedencia: Propiedad del Casino Obrero. Biblioteca. Ése es su santo y su seña, su fe de vida.

El libro, a fuerza de ser leído, tiene desgastadas las hojas y llegó a mi vida con la cubierta deteriorada. Y digo a mi vida porque en todo este tiempo nunca se apartó de mí; cuando esto escribo está sobre mi mesa. Nunca lo he restaurado y en sus cantos, desde el infierno al décimo cielo, encontré la paz para los momentos de zozobra y muchas veces he visto «a Beatriz... mirando al sol».

Todos sabíamos quiénes habían sido los autores del incendio. Los autores materiales y el autor intelectual, quiénes vertieron la gasolina y quién prendió, es un decir, la mecha. Los conocíamos por sus nombres y ellos, sin vanagloriarse, eran conscientes de que todo el pueblo estaba en el origen de un secreto a voces.

Esperaban un sabotaje, y la biblioteca, totalmente desprotegida, era el objetivo adecuado.

Los libros se defienden por sí mismos, de uno en uno resultan imbatibles; cada párrafo es un cuchillo, una navaja barbera lista para la defensa, para cercenar la arteria que más sangre lleva al cerebro, que al fin y a la postre es su residencia final. Un libro es un obús de palabras, un órgano stalin para defender la plaza fuerte de las ideas, la batalla final de un relato o la armada invencible de una narración.

No ocurre lo mismo cuando los tomos se arropan con otros tomos, cuando la noche se adormece en los estantes de las librerías y un viejo texto como la *Ilíada*, cansado de contar la historia que alienta en su interior desde que el viejo Homero se dispuso a hacer de su narración un regalo, se deja acunar, mecer, arrullar por una nana silenciosa que trae la tarde cuando descorre la cortina de luces y se transforman en noche al caer el telón oscuro de las horas. Es entonces cuando la indefensión de los libros, alcanzados en duermevela sin ese ojo avizor que durante la vigilia era permanente, llega a su cenit.

Quien no ama los libros conoce su talón de Aquiles, su vulnerabilidad escrita en las sombras y en el miedo que, desde siempre, su alma de papel le ha tenido al fuego.

Cuando en el romano campo de las flores la pira fue el destino de Giordano Bruno, había libros en lugar de leños; ardieron deprisa para evitarle sufrimientos al apóstata. Varios siglos más tarde, la historia absolvió a Bruno, pero nadie tuvo un recuerdo que indultara a los tomos amigos que fueron bálsamo para Giordano en su vida y en su muerte.

Aquella noche, cuando el fuego prendió en la biblioteca, los volúmenes estaban desprevenidos, confiados en sus anaqueles, no establecieron turnos de guardia para evitar sobresaltos.

Y el sobresalto llegó encerrado en una lata. Ni siquiera hubo que forzar la puerta para franquear la entrada. Vertieron la gasolina, que se fue colando por debajo de la puerta principal y, como un ladrón embozado fue tejiendo un pequeño mar por las estancias principales. Otra mano asesina prendió fuego a una mecha de algodón y mil llamas al unísono decretaron el incendio.

Pocas horas más tarde, la biblioteca era un ascua gigante de libros malheridos, asesinados, tullidos, condenados a la más dolorosa de las muertes. Dicen gentes que asistieron a apagar el incendio, que acudieron al rescate de las obras, que se podían escuchar gemidos y gritos lacerantes que procedían de las páginas, el dolor desgarrador de los textos moribundos, agonizantes.

Cada vez que oía referir estas historias imaginaba las llamadas de auxilio de Ana Karenina o de Emma Bovary y yo mismo les contestaba que aguardaran, que estuvieran tranquilas, que nada iba a sucederles. Estoy seguro de que mis palabras les llevaban, allí donde se encontraran, el sosiego requerido, la calma demandada, y así iba convirtiendo en niñas a Emma y a Ana y les contaba un cuento de príncipes antiguos y de doncellas mancilladas para que el sueño las envolviera con otras historias y las preservara del odio y de la maldad.

Quedaba más tranquilo y volvía a pensar en el prodigio de los tomos navegantes, de los volúmenes perdidos, mensajes que el mar fue repartiendo por las playas existentes en las márgenes de los continentes que festonean los océanos, mensajes que desgobierna el viento.

El viento del sur que todo lo enreda, el viento que juega con la brisa, viento de sofocos y de estíos, hizo otra vez de las suyas avivando el fuego, dibujando llamaradas en el perfil oscuro de la noche. La luna fue testigo aquel julio, víspera del Carmen.

Los barcos en el puerto ya estaban engalanados, vestidos de fiesta, con los gallardetes y guirnaldas poniendo color a la mar, la cubierta impecable y una pequeña virgen en el palo mayor de la nao capitana, el *Nuevo porvenir*, que iba a abrir la procesión marítima.

Todos conocíamos a los autores, animados desde el púlpito de la colegiata por don Francisco, que creía que no deberían existir más textos que los novenarios.

Los cinco se hacían llamar escuadra Onésimo. Se citaban cada tarde, vestidos con su camisa azul, en el bar España, su lugar de reunión. El bar tenía un reservado amplio y espacioso del desaparecido Ateneo Republicano. Iban allí para provocar y hacer difícil la existencia de Salvador, su dueño, un viejo emigrante a Cuba de donde regresó rico y agnóstico.

Dos semanas después del incendio, Salvador desapareció. A los pocos días hallaron su cadáver en una cuneta en las afueras. Tenía un tiro en la nuca. A su lado encontraron, atravesado por una bala, un ejemplar de *Rojo y negro*, de Stendhal, que alguien salvó del incendio. Lo enterraron con él.

Fueron los cinco que se despedían con la palabra *café*, como si no supiéramos que quería decir «camaradas arriba Falange Española»; los cinco que no podían usar las instalaciones del casino por haber disparado sus pistolas el martes de carnaval, después de haber amenazado de muerte al vocalista de la orquesta que animaba el baile y que era un excelente cantor de tangos.

Cinco asesinos, cinco pistoleros manejados por un par de señoritos fascistas que no salían de la trastienda de las ideas y que se pasaron la guerra en una cómoda retaguardia usando la delación y el rencor como única propuesta.

De los cinco, todavía vive uno; se quedó como rehén de una historia mal contada, una historia colectiva que marcó la vida del pueblo.

Él es el único testigo de aquella noche; por eso sufre la maldición de lo que ayudó a quemar, vive abrasándose con ellos y en ellos y no fue capaz de encontrar un antídoto capaz de aliviar sus pesadillas, de redimir sus penas, de prepararlo para encontrar la paz que debe anteceder a su muerte.

El castigo es proporcional a la magnitud de los delitos, los lejanos delitos que cometió contra toda la humanidad.

1

Aquel verano me contaron que el calor fue sofocante. Los pueblos de la comarca se fueron sembrando de cadáveres. Las primeras semanas de la guerra fueron terribles: una apoteosis macabra de la venganza, una exaltación del odio y la vesania. La delación y las traiciones se acomodaron en el corazón de los ciudadanos y con la llegada de la noche venía el miedo, el terror que dejaba su botín de sangre al amanecer, junto a las tapias de los cementerios.

Centenares de jóvenes marcharon al frente, a combatir por una patria dividida, a morir por España desde dos irreconciliables trincheras.

Los frentes militares, la guerra, estaba lejos, la seguíamos por los periódicos y la radio. La guerra estaba en la zona roja y el valle que tenía como capital mi ciudad luchaba contra sus propios fantasmas; la guerra había comenzado la víspera del Carmen, cuando ardió la biblioteca municipal.

Aquel atentado fue una premonición que anticipó la declaración bélica en el pueblo.

Para muchos vecinos la biblioteca custodiaba nuestra memoria, allí habíamos depositado todo nuestro pasado y en la pira de papel nos quemamos todos, ardió la crónica de nuestra vida.

Con agosto llegaron al pueblo los féretros de los primeros caídos, falangistas barbilampiños que, como bramaba el cura desde el púlpito, se habían ido a hacer guardia junto a los luceros, en clara referencia a una de las estrofas del himno falangista que los rapaces cantábamos obligatoriamente cada día a la hora de la oración vespertina.

Cantábamos y rezábamos sólo por la mitad de nuestros muertos; los que cayeron en combate defendiendo la legitimidad republicana no serían traídos al pueblo para ser enterrados. Para mí, que preguntaba sin encontrar respuesta dónde yacerían, era un misterio que duró muchos años.

En el verano del año treinta y seis se produjo una nueva visita del diablo a la comarca.

Según dijo el boticario en la tertulia, se podían demostrar documentalmente al menos tres de sus estancias en la villa. Las tres habían coincidido con graves incendios favorecidos por el soplo del viento del sur, que difuminó en las tres ocasiones un dulce y suave, casi imperceptible olor a azufre.

El viento del sur que vino para avivar el incendio de la biblioteca y dejó que aquel olor a piel quemada, la delicada piel de los libros con sus tatuajes de oro en los lomos y en las tapas, embriagara a toda la ciudad y trajera consigo a los heraldos negros de la muerte y la destrucción, de la guerra que había de durar tres largos años desolando a toda la nación, con su equipaje de dolor en los hogares y las familias.

Fue larga la permanencia del señor diablo, la más dilatada.

Yo nunca quise darle demasiada importancia pese a haber participado desde niño en multitud de conversaciones en las que el maligno era el tema central: tertulias comedidas, casi susurradas, donde se daba cuenta de sus fechorías.

Algunas personas, consideradas de respeto por su cultura y bonhomía, fueron las encargadas de identificarlo sin conseguirlo, errando en el empeño.

La tertulia fue sufriendo dolorosas bajas cada vez que sus miembros se obstinaban en llevarle un pulso al diablo. Pérez y Reverte fueron encontrados muertos a la misma hora y en el mismo lugar con quince días de diferencia. Ambos murieron de un tiro disparado en el pecho con precisión certera; los dos eran abogados de reconocido prestigio y su postrera misión consistía en dar con la identidad que usaba el diablo en su visita, quién era y qué quería.

Buscaban conocer sus demandas y tratar de negociarlas, poner precio al fin de todas las penalidades. Los que fueron quedando estaban dispuestos a satisfacer sus exigencias.

El pueblo era la retaguardia. Se estableció un orden militar que afectaba a las relaciones de los vecinos e impregnaba la vida cotidiana. Un ambiente marcial plagado de consignas patrióticas se fue instaurando paulatinamente. La vida discurría con una provisionalidad que en nada hacía evocar otros veranos. Se suspendieron las ferias de agosto y un liviano luto, un aire de condolencia colectiva se fue adueñando del pueblo.

Otras autoridades designadas se ocuparon de imponer el nuevo orden que estaba naciendo. El alcalde asistía al ayuntamiento en mangas de camisa, azul, por descontado, y adornado con unos correajes de cuero y una cartuchera de la que sobresalía un enorme pistolón.

Aquel hombre de cara equina y con una evidente obesidad más parecía una mula sudorosa que persona. Antes de ocuparse de sus nuevas responsabilidades había sido escribiente en una notaría. No se le conocían veleidades falangistas ni afición alguna que no fuera la de conspicuo miembro de la sección local de la Adoración Nocturna, que es bien sabido que se trata de un gremio de devotos rezadores que se reúnen para sus asambleas pías después de la medianoche.

Es posible que a la salida de una de esas veladas místicas fuera testigo silencioso de las tropelías cometidas por las escuadras falangistas, y que como premio a su mutismo le fuera entregado el municipio en su más alta responsabilidad.

El pueblo entero, desde su estupefacción, iba recuperando una falsa normalidad. Septiembre vino silencioso y aquel año los veraneantes no regresaron a sus lugares de origen; se quedaron allí, en hoteles, fondas y casas de alquiler y con ellos, estoy bien seguro, se quedó el diablo.

Lisardo vivía con su madre. Había crecido sordomudo, no tenía amigos y era conocido de todos. Pasaba el día entero en la calle protegiéndose como podía de los crueles juegos de los niños, mendigando un cigarrillo a los mozalbetes, soportando las bromas pesadas que sólo a una imaginación enfermiza se le pueden ocurrir. Era un muchacho grande, de escasas luces, en el límite de la normalidad, que se expresaba por gestos que todos entendíamos. Lisardo era los ojos y los oídos, pese a su absoluta sordera, de toda la ciudad.

La esquina de la plaza, la barandilla de la farola, era su puesto de ojeo. Desde muy temprano hasta bien entrada la noche permanecía atento a todo cuanto acontecía. Por su mirada pasaban caballeros principales y menestrales. A todos conocía. No supe nunca dónde habitaba, me enteré en su entierro. Tenía su casa en un arrabal junto al río. Él y su madre vivían de la caridad, aunque yo nunca le vi pedir limosna.

No es cierto que Alonso lo hubiera asesinado, eso fue un bulo, una muerte que le imputaron al jefe local de la

Falange. Al desgraciado de Lisardo lo atropelló un automóvil. No lo sintió venir, no podía escuchar la bocina que lo avisó. Sucedió junto al río la noche en que fueron encontrados asesinados doce vecinos del pueblo elegidos al azar, uno por cada barrio, como escarmiento a quienes encubrieron otra muerte, el asesinato del párroco de la colegiata. Por eso la matanza se conoce en la crónica popular como «la de los doce apóstoles».

Con aquella barbarie culminaron los paseos. Nunca más la oscuridad protegió a los asesinos y ocultó a sus víctimas. El crimen los asustó y condenó para siempre.

El diablo amparó aquellas muertes y dirigió la mano que empuñó el arma que asesinó al párroco. Un botarate enfermo de verborrea y fanatismo, instigador de un odio que trazó una línea divisoria entre los vecinos dibujada con la vara de medir de la religión y el ábaco contador de quienes cumplían o evitaban los oficios religiosos.

La muerte fue a buscarlo a la casa rectoral que estaba junto a la colegiata; él mismo le abrió la puerta al asesino, que le vació el cargador de una pistola automática en el pecho y en la cara. Nunca se descubrió su identidad. El cura no dejó viuda ni hijos conocidos. Los otros doce, sí. Doce viudas y veinte chavales huérfanos fueron el saldo de aquella noche. Doce familias rotas por un caprichoso escarmiento falangista tan inútil como desmedido. Fueron enterrados cuando el día despuntaba, sepultados en la misma fosa, ocultados a sus deudos. Falangistas armados y un pequeño grupo de militares custodiaron sus féretros e impidieron que fueran velados.

La justificación del asesinato, la oficial, acusó formalmente a los muertos de proteger y amparar a los delincuentes que supuestamente habían participado en la matanza del cura párroco.

Dicen que en el camposanto, a mano derecha del osario, hay un rosal en que dos veces al año florecen rosas rojas. Aseguran que en ese mismo lugar están enterrados los doce inocentes. Ha pasado mucho tiempo y el rosal sigue como el primer día, poniendo flores rojas al recuerdo.

Con la muerte de Lisardo se rompieron tímidamente los silencios. Se comenzó a comentar en voz baja el nombre del asesino y, si bien era cierto que Alonso nunca tuvo nada que ver, desde algún lugar se propalaron rumores interesados que acusaban directamente al grupo falangista que quemó la biblioteca y Alonso era, sin duda alguna, el jefe de aquella tropa de indeseables. Pertenecía a una familia muy respetada y querida, ligada por varias generaciones a la sanidad por el ejercicio de la medicina. Era nieto, hijo y hermano de médicos en activo y por parte de madre estaba vinculado al comercio local. Mal estudiante, al contrario que sus dos hermanos, se afilió a la Falange mientras estudiaba derecho, carrera que nunca terminó, en la ciudad vecina, cantera numerosa de seguidores de José Antonio. La tarde en que murió Lisardo estuvo con él en la plaza obligándole a saludar brazo en alto a todos los que pasaban. Lisardo había visto a los cinco pirómanos actuar, los conocía y por tanto habría podido identificarlos. Aunque nunca sería testigo. Ya los había condenado y mientras vivió acusó con su mirada, con el miedo clavado en los ojos, a cada uno de ellos, evitando cruzarse en su camino. Cuando se acercaban por la plaza se escabullía, desaparecía para no verse obligado a saludarles. Sentía pánico cada vez que coincidía con Alonso; algo le decía que aquel muchacho bromista y pendenciero era el jefe, el que ordenaba a sus compañeros cometer las fechorías macabras, jugar a la ruleta rusa con las vidas ajenas, saldar viejas cuentas sumadas al odio y a la envidia.

Debía de sospecharlo aquel pobre rapaz maltratado por el tiempo que le tocó vivir. Desde el día de su muerte, cambió el semblante de Alonso. Hay quien señala que llegó a culpabilizarse de su desaparición. Su familia pagó el entierro por decisión de su madre, que había oído rumores que acusaban de forma infundada a su hijo. Fue ella quien le contó que habían nacido el mismo día, la misma noche, atendidos por la misma comadrona.

Al volante de aquel automóvil que tocó insistentemente la bocina sin que nadie pudiera oírla iba el diablo, que se encargó de que a partir de entonces mudaran las costumbres y enloquecieran las conciencias, y de que la guerra trajera una posguerra de miseria y hambre.

El dolor era un sentimiento cotidiano, asumido, arraigado en el diario sufrimiento. Había llegado el hambre al pueblo, se fue agotando la despensa de la mar, se pudrió el grano en los graneros, no nació fruta en los frutales y el invierno fue cubriendo de nieve el valle. Un invierno infinito que nunca se acababa. En el monte, los huidos habían organizado la resistencia y el terror regresó de nuevo al pueblo. Los que por aquellas comarcas llamaban escapados aprendieron a firmar con un disparo en la nuca la vieja ley del talión que establece la errada justicia del ojo por ojo.

Ahora eran las nuevas autoridades del régimen triunfador quienes estaban en la diana, los verdugos eran las víctimas y el mundo seguía girando, y el pueblo iba malviviendo, imaginando fogones, inventando condumios sin carne ni aceite, cuidando la salud de los enfermos, aguardando que volvieran los días largos del buen tiempo y huyeran los fríos del invierno para que las nieves fueran sólo un presagio de los bienes que deberían comportar.

Al terminar la guerra, Alonso se comprometió formalmente en noviazgo con Manuela y se apartó de la compañía de sus camaradas. Apenas salía de casa; comentaban que las amenazas de los huidos podían concretarse en cualquier momento y una tarde, a la salida del cine, dos balas certeras acabaron con la vida de Nicolás, hermano mayor de Alonso, un médico muy considerado por los vecinos que consultaba a los pobres sin cobrarles y les proveía de remedios y medicamentos.

Nicolás era un solitario apasionado de la filatelia, afición que heredara de sus mayores y que luego nadie continuó. Aquella muerte fue un error, pero en el pueblo la interpretaron como un aviso. El pistolero no era de la zona, era un búlgaro que fue detenido a las pocas horas; llevaba una dirección y un nombre, y esperó a la salida del cine a la persona equivocada. El asesino no hablaba español, fue conducido a los calabozos de la guardia civil en espera del juez. No se sabe cómo pudo escaparse, pero se esfumó. De su documentación retenida en la comandancia, de su pasaporte alguien despegó la fotografía, y quienes lo detuvieron no lograron ponerse de acuerdo a la hora de definir sus rasgos.

Aquel mismo día, entre las ocho y las diez de la noche, según consta en el atestado de la guardia civil —yo mismo pude ver el expediente—, desapareció el viril del altar mayor de la colegiata. Culparon al búlgaro.

Hace un par de años, cuando se celebró el cuarto centenario de la basílica, apareció la sagrada custodia en el altar mayor. Era un quince de julio, víspera del Carmen y aniversario del incendio de la biblioteca.

Desde entonces es un símbolo milagroso, y acuden las gentes en busca de favores y en agradecimiento de promesas cumplidas.

Aquellos tiempos fueron raros, con prodigios inexplicables que a punto estuvieron de volvernos locos a todos.

Alonso se refugió en la iglesia como una especie de penitencia. Acudía a la primera y a la última de las misas, permanentemente vigilado y custodiado; pasaba el resto de la jornada en una habitación interior de su casa, lejos de ventanas y balcones y, como el tiempo todo lo cura, superó el asesinato de su hermano, a quien visitó a diario en su tumba del cementerio, y se enamoró perdidamente de Manuela, que pasaba las tardes de su largo noviazgo junto a su prometido mientras bordaba las iniciales de los dos en sábanas y toallas de su ajuar de novia.

Dicen quienes la conocieron que tenía unas manos tan delicadas que, cuando bordaban, ejecutaban una partitura secreta, que cada puntada era una nota acariciada en las teclas de un piano invisible.

Sus dedos eran largos y de una blancura casi transparente, y entre las jóvenes de su edad y de su tiempo fue con mucho la más bella.

Aguardó, esperó paciente a que Alonso fuera remansando los temores que lo habían convertido en un hombre que huía de su sombra. Era tan grande el pánico que sentía, el miedo a ser tiroteado, el terror a la muerte, que durante muchos meses no pudo dormir; su cerebro ordenaba a su cuerpo, a todas sus vísceras y órganos, estar en alerta constante, en permanente vigilia. Todas las secuencias de asesinatos en los que había participado iban y venían en un carrusel que giraba sin parar en el interior de su cabeza. Resonaban los estruendos de los disparos, los tiros de gracia, las balas disparadas en la nuca cuando menos lo esperaba, en la mitad de una frase que detenía una conversación.

Alonso bordeaba la locura, se deslizaba velozmente hacia los rápidos que confluyen con un torrente de demencia en los ríos de la cabeza.

Manuela le dedicaba todo el tiempo sin horas; un discurso de infinita ternura era la pócima mágica, el ungüento que iba cauterizando las heridas que cicatrizaban en la conciencia de Alonso. Su novia fue su joven madrina de guerra, pese a que nunca estuvo en el frente, y ejercía de enfermera de las invisibles dolencias del alma. Pasaba los días junto a él. No sé de dónde, aquella mujer menuda y delicada sacaba toda la fuerza que la convalecencia de su novio requería; pródiga en caricias y generosa en afectos, no puso fecha a la recuperación, pero valoraba con precisión clínica los mínimos avances que la complicada dolencia economizaba. Se hizo traer avanzados manuales de psiquiatría editados en lengua española; se carteó con médicos de prestigio a quienes consultaba síntomas y remedios; por mediación de un pariente, sacerdote en Roma que hablaba alemán, tuvo acceso a un renombrado galeno de Berlín que diagnosticó y puso plazo a la demencia de Alonso.

La fe, que, dicen los teólogos, es un privilegio, un regalo, un don gratuito para quien la posee, ayudó notablemente a restablecer el cuerpo y la mente de Alonso. El empeño de su madre de encomendarlo a santos milagreros y santas vírgenes auxiliadoras parece que iba dando resultados. Cuando volvió el verano, en un año en que hubo dos estíos, uno en pleno invierno con temperaturas tan impropias de la estación como sofocantes, San Pantaleón, que es un santo médico de gran devoción en toda la comarca, realizó el milagro de la sanación de Alonso. Desde entonces pudo conciliar el sueño y las viejas e insidiosas pesadillas comenzaron a desvanecerse.

Manuela agradeció a la ciencia que su prometido empezara a reponerse, su madre puso una vela que medía la altura de su hijo y se comprometió a mantener de por vida encendida tal ofrenda. Alonso salió un domingo al paseo de moda de la ciudad con su novia cogida del brazo. Sorprendió a todos sus vecinos, que ya lo consideraban un enfermo crónico irrecuperable, y se sintió admirado por sus antiguos camaradas, muchos de los cuales habían desertado de su antigua amistad.

Hay ocasiones en las que el universo detiene el tiempo, lo para, interrumpe su discurrir, desgobierna calendarios y relojes; ocasiones hay en las que esa interrupción afecta únicamente a un par de lugares aleatoriamente seleccionados.

Éste fue el caso de nuestro pueblo. Con una duración que no puedo precisar y en la que no existen coincidencias entre los datos registrados, tuvo lugar una suspensión indeterminada del tiempo. No nació ni falleció nadie; siempre era el mismo día, los relojes enmudecieron y no sonaron en las tres torres que daban las horas en sus carillones; la enfermedad y el mal cesaron de dictar sus sentencias; la mar sólo tuvo pleamares, se abrió caprichosa la gaveta de la pesca con las redes rebosantes de pescado, los frutales daban frutos continuamente, el ganado paría reses tras una gestación efímera y los terneros, ovejas y cerdos eran tan sanos y rollizos que más parecían fruto de la imaginación. El dinero no se agotaba nunca, cuanto más se gastaba más dinero se tenía. No sé si el fenómeno duró una semana o un par de lustros, sí sé que produjo un trastorno y un gran desvarío en todo el vecindario, desnortado y con una desorientación patológica al volver a la realidad.

Y una vez más, semejante prodigio traía en su envés un desbarajuste que se imputó al diablo en su haber. El rumor argumentaba que un puñado de ciudadanos, agradecidos por las dádivas de éste y conocedores de su presunción y megalomanía, decidieron ofrecerle un almuerzo, y a los

postres le rindieron pleitesía concediéndole el título inexistente de vecino ejemplar, y que en un círculo vicioso
que no acababa de cerrarse, el señor diablo quiso hacer
algo por sus vecinos y, usando enrevesadas artimañas,
paró, detuvo nuevamente el tiempo e impidió que la vejez
y la enfermedad hicieran parada y fonda en el pueblo.

Pero esta vez el fenómeno tuvo consecuencias para el
diablo, cuya decisión se desvió de las reglas básicas de su
oficio y fue recriminado por la Corte suprema de todos los
diablos. Tuvo que deshacer lo hecho, y para equilibrar el
bien con el mal trastocó el orden y las rutinas cotidianas y
alteró comportamientos confundiendo sobremanera a sus
beneficiarios, que a partir de entonces no pudieron, ni
ellos ni sus descendientes, pronunciar ni escribir nombres
propios, ni tan siquiera el nombre de nuestro pueblo.

Alonso y Manuela fijaron fecha para su boda. Las dos
familias convinieron en que Alonso gestionase el patrimonio de ambas y eligieron el piso alto de la casa de la plaza
para fijar su residencia.

Para Manuela, muy enamorada, los días previos a los
esponsales se le hicieron eternos; es difícil saber lo que
para ella había supuesto el matrimonio. Lo interpretaba
como una meta, como la cima más alta; iba a casarse con el
hombre que amaba, el único hombre sobre la tierra que le
importaba; moldeado a su antojo, creado a su manera, ella
tenía mucho que ver con la recuperación de su prometido,
había invertido muchos meses que se van agavillando en
años, hablaba como ella quería, e incluso el amor que
Alonso sentía por Manuela era en gran medida una recrea-
ción de su excedente afectivo, la quería como ella lo había
diseñado.

Pese a todo era una mujer sumisa, leal a los viejos principios, a los que regulan tradicionalmente el comporta-

miento de las mujeres casaderas de las buenas familias pueblerinas; pese a todo iba a tener el marido que le eligieron desde el mismo día en que había nacido. Puede ser que los suyos se equivocaran en la elección, pero no ella, que había estado a su lado en la salud y en la enfermedad, más bien en la enfermedad, aguardando la fecha fijada para vestirse de blanco como manda la tradición, para escuchar el Ave María en la colegiata el día de su boda, para soñar el mismo sueño repetido y convertirlo en realidad.

Huérfana de besos y de caricias, deseaba apasionadamente a aquel hombre, a su hombre, al que iba a ser el padre de sus hijos; lo conocía mejor que nadie, había explorado sus sentimientos hasta lo más oculto de su alma en la larga convalecencia que fue aula, escuela de un aprendizaje tan profundo que Alonso no tenía recoveco que ella no conociese.

Aunque ignoraba los detalles de una noche de bodas que le había sido contada muchas veces en ajenas experiencias, deseaba su cuerpo cuando, junto al que iba a ser su marido, imaginaba el amor que le adeudaba, un vértigo de impaciencias encendía su interior y un arrebol coloreaba sus mejillas. Muchas tardes, cuando la noche comienza a confundirse con el día, una presión creciente oprimía su pecho, era el deseo que intentaba saltar las barreras de la educación convencional. En esas ocasiones, a solas con Alonso, cogía su mano, la ponía sobre su pecho, cerraba los ojos y un estremecimiento la sacudía mientras sentía que su sexo se humedecía. Aquellos minutos le parecían infinitos, aunque sólo duraban el instante que permanece la pasión en el corazón antes de pasar a la mente.

Amaba profundamente al que iba a ser su marido, amaba los secretos lugares de su anatomía que pronto serían suyos como ya lo era su alma. Faltaban pocos días para la boda.

Y la mar, testigo del acontecer cotidiano, seguía con su rutina. Las mareas volvieron a cumplir el rito eterno de llenar y vaciar el cuenco de la ría, de esperar que en el cielo creciese la luna llena para inundar de reflejos azules la límpida superficie que, desde los prodigios recientes, no salía de una apacible calma. La mar semejaba un lago de aguas quietas que ni tan siquiera mecía los botes y chalanas fondeados junto al puerto, que más bien parecía una postal veraniega con los pailebotes y gabarras, con los bous de la pesca de altura amarrados al muelle.

La ciudad, el pueblo, la villa, las aldeas de la comarca y del valle, se comprometieron a reconstruir la normalidad, sellaron un pacto con la vida después de tanta muerte. La guerra dejó multitud de secuelas entre los habitantes de la comarca y la posguerra se iba dilatando, por eso el compromiso llegaba en un momento oportuno, cuando ya la sangre se estaba secando en las tapias y en las paredes que guardan la caja del corazón de los hombres.

Un edificio desventrado, una ruina en la plaza más recoleta de la ciudad, los restos de un naufragio todavía próximo, recordaban que un incendio arrasó la biblioteca pública la víspera del Carmen hace algunos años. La memoria reciente de aquella noche seguía vigente entre los vecinos que se negaban a olvidar, y hasta a los niños bien pequeños les contábamos la fabulosa historia de los libros desaparecidos que se llevó la mar. Escuché multitud de versiones, ninguna coincidente, todas ellas revestidas de misterio y de silencio, yo sé que es hoy el día, y han pasado tantos años desde entonces que la historia continúa siendo nueva como si nunca hubiese sido contada.

Y estoy seguro de que la flotilla de los libros perdidos, de los libros navegantes, sigue su periplo de puerto en puerto. Ojalá en una escala de su largo viaje regresen al punto de partida, se refugien en nuestra ría aunque partan a los pocos días para seguir su camino.

La historia pasó de padres a hijos y no hay celebración familiar, bautizo o boda, reencuentro tras un viaje, pongo por caso, en que no aflore a la conversación de sobremesa. Todos los asistentes al ágape contarán la versión y ninguno lo hará tal y como se la contaron, porque la historia de los libros perdidos también navega por la cabeza de las personas que la conocieron, de las gentes que la oyeron contar, y ha ido creciendo y multiplicándose al ser referida. Con todas las versiones, con una y todas las variantes, se pensó un tratado aún por escribir, una saga interminable de capítulos abiertos a la crónica inacabada de los hombres que encuentra su mejor metáfora en los libros navegantes que surcan los océanos de la imaginación desde el primero de los días de la creación del mundo.

Durante mucho tiempo no hubo noticia del diablo y muchos creyeron que había abandonado la tarea encomendada. Estaban equivocados.

La víspera de la boda, el viernes, los novios fueron juntos al cementerio. Alonso iba todos los días a visitar la tumba de su hermano médico. Aquella mañana fue con Manuela y ella se paró junto a la tumba contigua, la de Lisardo, y en voz alta comentó la noticia de su inmediato desposorio y le pidió opinión, aún consciente de que Lisardo, sordomudo en vida, tal vez no pudiera oírla. Alonso, que se adelantó hacia la sepultura de su hermano, fue presa de un ataque de pánico como en los tiempos de su convalecencia, calmado cuando su prometida le hizo saber que tenía el consentimiento para contraer matrimonio no sólo del joven Lisardo, sino de todos los muertos que no hallaban descanso en el cementerio por haber fallecido a manos de Alonso y de sus camaradas, compinches de la cacería humana que se desató en los primeros meses de la guerra en aquella comarca y en las cercanas; el diablo en persona, y no hay quien me lo quite de la cabeza, comandaba las patrullas de los asesinos. Antes de marcharse del camposanto, Alonso decidió encargar un pequeño panteón que albergara de una forma digna los restos del desdichado Lisardo.

Supo entonces Manuela que Alonso estaba completamente curado, lo vio en su mirada desprovista ya del fulgor estático de los orates, lo percibió en sus silencios; podía casarse, podía intentar ser feliz, tenía que conseguirlo; no en vano su paciencia, toda la dedicación desde el momento de su compromiso, tendría su merecida recompensa.

Se acercó al que iba a ser su marido y lo besó en la boca; fue un profundo alegato que concitó los labios de ambos como si se fundieran, las dos bocas fueron una y pensó que tendría que ser la más dichosa de las mujeres junto al hombre al que quería permanecer siempre unida.

Se casaron un mediodía lluvioso. A la hora señalada se hizo un claro e incluso brilló el sol. Manuela estaba vestida de negro, un velo de encaje adornaba su cara, el pelo recogido destacaba el azabache de sus ojos. De piel muy blanca, un rubor tenue matizaba sus mejillas cuando, del brazo de su padre, entró en la colegiata, donde ya estaba Alonso esperándola junto a la puerta principal con su madre y madrina. El sí quiero de él fue resonando por el valle como un ángelus campesino, rebotó en el manto de agua de la mar como cuando los chavales lanzan un canto rodado para que salte a lomos de las olas; el sí quiero que pronunció Manuela ascendió pausado al cielo turbio del mediodía como sube un avemaría, una plegaria.

Tierra, mar y cielo fueron testigos de aquel compromiso sellado hasta que la muerte, otra vez la maldita muerte, los separase.

Cuando el reloj de la torre de la plaza decretó la media noche, la pareja subió a la estancia principal de la casa familiar. Todavía se escuchaban las estrofas de las canciones que los últimos invitados hacían sonar como un himno nupcial. El banquete no tenía un final previsto, pero los novios se despidieron ceremoniosos y subieron los tres pisos que separaban el lugar del banquete, en los bajos de la vivienda, descorcharon una botella de champán y brindaron por un futuro compartido. Alonso aprendió entonces a decir «te quiero», Manuela le contestó con una sonrisa que era augurio de tiempos felices y, cogidos por el talle, se dirigieron a la alcoba.

Tanto había deseado Manuela ese momento que no fue consciente de que estaba siendo la protagonista; esa noche era la noche, la primera noche de su nueva vida. El abrazo fue el preámbulo, la llave que abría las puertas de un paraíso esperado durante mucho tiempo. Cuando Alonso comenzó a desnudarla, cerró los ojos y rememoró dulces momentos largamente olvidados: se vio niña paseando de la mano de su padre por los jardines de la avenida una mañana de Reyes; recuperó su primera comunión; luego se vio mirándose en el espejo del armario de luna, mudaba su anatomía y la turgencia arrogante de sus pechos la satisfizo. Se demoró en el primer paseo por el malecón con quien iba a ser su novio; un verano en la finca de sus tíos junto a otro mar desconocido en otra ciudad; cuando descubrió la nieve que cayó durante una visita a la capital; cuando sin darse cuenta descubrió el placer una mañana de domingo en la que no quiso madrugar, hasta que el fotograma último se hizo realidad y sintió cómo su ya marido la besaba desesperadamente hasta casi hacerle daño. Se tendió y el envite de Alonso fue un viento repentino que la sumió en mitad de un oleaje que descabaló sus movimientos; desnuda sobre la cama sintió una mezcla de indefensión y gozo, quería ser sorprendida y la pasión de Alonso la sorprendió. Un dolor agudo y pasajero con el que no contaba la hundió para resurgir luego en demanda de los placeres largamente pospuestos.

Cuando avisó el alba de su llegada, dejándose ver por los cristales del ventanal, colando la primera luz de la mañana, todavía seguían abrazados reiterando las tareas encomendadas a los que se aman, y fue entonces cuando el sueño puso un subrayado de felicidad a las primeras horas que pasaban como hombre y mujer, como esposo y esposa.

El domingo emprendieron un viaje de novios que duraría dos semanas, dos intensas semanas de dicha que recordó muchas veces Manuela, recuerdos que ponían decorados de ciudades, de calles y de plazas, de monumentos y palacios, de catedrales y de iglesias, de abrazos y de cuerpos que se buscan y que encuentran la respuesta en dos temblores idénticos, al unísono.

El mismo día en que regresaron al pueblo alguien les llevó un paquete que dejó en la puerta. Lo abrió Alonso; era un libro, *Don Quijote de la Mancha*, de Miguel de Cervantes, en una edición de 1780 que era una de las joyas de la vieja y querida biblioteca que ardió. El *Quijote* había sido rescatado, salvado de las llamas.

Ese regalo inesperado iba a cambiar la vida de Alonso.

Para entonces había regresado el diablo y lo identifiqué. Era yo un adolescente cuando lo vi jugar en el casino una partida de billar. Vi en los cuadros del traje príncipe de Gales un jeroglífico que sólo yo pude descifrar. Al verse sorprendido me guiñó un ojo y entre los dos nació una complicidad que se vería ratificada cuando realicé con él un viaje a los infiernos.

Alonso volvió a revivir la noche del incendio de la biblioteca; con ese libro recibido que le quemaba las manos escuchó de nuevo la soflama, la homilía de don Francisco condenando la literatura, censurando el placer de leer, recriminando todo lo que ilustra y libera, abominando de los libros que han moderado el discurso de la historia para apostar por las tinieblas, el oscurantismo y la ignorancia. El pistoletazo de salida había sido dictado desde el púlpito de alabastro de la colegiata, desde un esbelto ábside gótico que fue la caja de resonancia de aquella voz tronante que castigaba a los libros con el fuego eterno como si fueran fieles cristianos arrepentidos de haber nacido con el pecado original. Aquel clérigo fanático los corporeizaba, los dotaba del alma católica y apostólica, los humanizaba en sus diatribas. Con él los libros eran personas, erradas en sus planteamientos pero personas, que traían el mensaje de la apostasía en sus páginas, por eso los desterraba y condenaba al eterno fuego purificador.

Ignoraba don Francisco que los libros forman una extensa familia, que ningún ejemplar está solo, que cuando alguno desaparece otro idéntico ocupa su lugar; ignoraba que todos son indestructibles y que su capacidad de supervivencia es infinita, no sabía que viven con nosotros y en nosotros y que ejercen un efecto sanador contra la melancolía y la tristeza.

Desconocía que tienen millones de aliados entre los hombres y que se expresan en todas las lenguas que leen los humanos en cada pueblo y en cada ciudad del mundo, allí donde residen, viven multitud de guardianes vigilantes que velan por su conservación a la vez que difunden los mensajes de quienes los crearon. Nada hay, de ello era consciente el obstinado y cerril don Francisco, que cuente con tan acérrimos adeptos en los cinco continentes como los libros.

Si aquel cura no lo conocía, tampoco Alonso, que comenzó a temblar cuando abrió aquella antigua edición de *Don Quijote de la Mancha*, pues no la había leído cuando tuvo que leerla por recomendación y prescripción paterna. Recordaba las ilustraciones de Doré contempladas en el ejemplar de la biblioteca familiar que cerró sin más un lejano verano. Las personas somos lo que leemos, y para Alonso, que poco había leído, la llegada inesperada de aquel regalo lo condujo directamente a un pasado olvidado y causó en él un temor inevitable que iba a provocar un trastorno en su conducta hasta el final de sus días.

Y a partir de ahí, desde la primera línea de la narración, se vio reflejado en un espejo deformante, como si el ingenioso hidalgo estuviese leyendo un libro en el que Alonso fuera el protagonista.

Su mujer, su joven esposa, vio venir el cataclismo y, temiendo que la rehabilitación aparentemente concluida hubiera resultado infructuosa, decidió acompañarle en el largo viaje a la demencia. Iría con él.

Desde el balcón principal que da a la plaza, por entre los visillos del salón se veía caer la lluvia torrencial que cada primavera visita el pueblo y que años atrás provocó el legendario diluvio de San Mamed, que duró cuarenta días y cuarenta noches, que destruyó, que anegó media ciudad y provocó que al escampar brotaran por doquier limoneros que llenaron de aroma de azahar la brisa y perfumaron el aire. De aquellos árboles todavía se encuentran contados ejemplares, sobre todo en los patios de las casas bajas que adornan la ribera.

La plaza tenía su trazado primitivo con dos cantones, el de arriba con bancos y una recoleta zona de tierra para los juegos de los niños, que eran de estación: el guá en el otoño, peonzas en los inviernos, ché de hierro y billarda en primavera y volar cometas cuando comenzaba el verano, antes de trasladarlas a la playa. En el medio, la estatua del prócer dirigía y guiaba la vida.

Los días feriados, en el cantón de abajo los puestos campesinos exhibían orgullosos los mejores quesos del país, las blancas mantecas envueltas en hojas de col, y las lecheras traían de las aldeas vecinas la leche recién ordeñada. Un guirigay de gallos y gallinas, de conejos y de faisanes salía de los puestos de la parte baja, la más cercana a la verja, donde se instalaban los vendedores de aperos, los buhoneros con sus baratijas y los comerciantes de lentes y anteojos.

Si era primero o mediado de cada mes, un ciego desgranaba la letanía de crímenes antiguos acompañado de un violín que ejecutaba lastimeros ayes.

Desde aquel balcón principal que da a la plaza, en una mañana de mercado, apareció, sorprendido y atónito por situarse en lugar tan desacostumbrado, el ingenioso hidalgo don Quijote de la Mancha, caballero de los de lanza en astillero, adarga antigua, rocín flaco y galgo corredor.

Para entonces era yo un adolescente que se había aficionado al billar viendo la maestría superlativa con que jugaba el mismo señor diablo. Maravillaba a todos los que acudían en tropel a ver las imposibles carambolas que ejecutaba sobre el tapete verde, su fama se extendió por el valle y crecía imparable, tan imparable como la presunción indisimulada del Príncipe de las Tinieblas, que ocultaba su condición haciéndose pasar por un viajante de comercio que representaba a la casa de tejidos Tamburini, de afamadas piezas de tela para trajes de caballero. Esa cobertura justificaba con creces sus ausencias, que llegaron a ser muy largas y nos hacían pensar que ya no volvería, aunque siempre regresaba. Me confundía ver que las tres bolas del billar eran de color negro, aunque sólo yo, creo, podía percibirlo.

Alonso mudó, cambió los coloquiales temas de conversación en la tertulia del Casino de caballeros y en la de la barbería. Cada noche leía en voz alta el libro recibido, su más preciado regalo de boda, el canon que estaba regulando su vida. Discutía con Nicasio Blanco y con Casares, con Paco Luis y con Loureiro quién había sido mejor caballero, si Palmerín de Inglaterra o Amadís de Gaula, si Galaor o el caballero del Febo. Al principio sus contertulios le escuchaban estupefactos y, cautelosos, sopesaban si le había vuelto el viento de locura que lo tuvo postrado tanto tiempo, hasta que descubrieron que estaba viviendo una ficción, como quien se adentra en un paisaje al óleo o milita en una impostura, hasta que comenzaron a seguirle la corriente haciendo como que leían con él ese *Don Quijote* inabordable que aguarda a ser leído en los estantes y que resulta tan familiar como desconocido.

Manuela participaba de aquellos duelos y quebrantos que, si bien son únicamente uno de los platos coquinarios que cita el *Quijote*, para la joven esposa constituían la síntesis expresiva de la locura que había entrado en su hogar.

En resolución, como bien refiere el libro que le sucede al hidalgo, Alonso se enfrascó tanto en su lectura que se pasaban las noches leyendo de claro en claro y los días de turbio en turbio; y así, de poco dormir y del mucho leer, se le secó el cerebro de manera que vino a perder el juicio.

Decía que el Cid Ruy Díaz había sido muy buen caballero y esto siempre causaba asombro cuando lo repetía, pues arqueaba la voz con inflexiones de actor de repertorio, pero que no tenía que ver con el caballero de la Ardiente Espada, que de sólo un revés había partido por medio dos fieros y descomunales gigantes. Mejor, argumentaba a quien quisiera oírlo, con Bernardo del Carpio, porque en Roncesvalles había muerto a Roldán, *El encantado*, valiéndose de la industria de Hércules, cuando ahogó a Anteo, el hijo de la Tierra, entre sus brazos...

Y pasaba las horas tanto en la barbería como en la botica, tanto en el salón verde del Casino como en el salón de su casa, disertando sin ningún juicio sobre el mismo tema, entre la incomprensión de los pocos que le escuchaban, conmilitones y conocidos y por supuesto su mujer, el amoroso consentimiento de Manuela que se estaba enamorando de don Alonso Quijano al tiempo que olvidaba al que era, por casamiento y vínculo, su marido.

Las antiguas amistades evitaban su encuentro pese a su talante educado y obsequioso, que en nada hacía ver su desquiciamiento. Paseaba cada tarde por el paseo y la alameda acompañado de su esposa, que nunca se separaba de él. Saludaba a sus convecinos con un leve gesto de la mano derecha dirigido al sombrero, que desde que acabó la guerra era prenda que cubría su cabeza. Fuera de su círculo de íntimos se había vuelto persona silenciosa, y las mañanas en que ejercitaba su labor de vigilante del patrimonio de su familia y de la de su cónyuge, realizaba con precisión y eficacia la tarea encomendada.

Alonso vivía dos vidas, la real, que cada vez ocupaba menos espacio, y la recién aprendida, estudiada, sentida, que cada noche, con enorme pasión e intensidad, leía en el viejo libro rescatado de la pira en la que tantos otros se habían quemado, con su participación directa, en una noche en la que soplaba el viento del sur, el viento del mes de julio en vísperas del Carmen, el año en que en España estalló la guerra civil.

En un personaje pintoresco se fue convirtiendo Alonso; los rapaces susurraban a su paso y él, impertérrito, los despreciaba con su mirada, como un caballero de los de antes en este mundo ajeno que él no habría elegido.

Cuando realizaba su cotidiana visita a la tumba de su hermano, declamaba pasajes enteros del ingenioso hidalgo en un pausado monólogo que a nadie estaba dirigido.

Le contaba que si, por males de mis pecados o por su buena suerte, se encontrara por ahí con algún gigante, como de ordinario les acontece a los caballeros andantes, y, añadía, le derribo de un encuentro, o le parto por la mitad del cuerpo, o finalmente le venzo y le rindo, ¿no será bien tener a quien enviarle presentado, y que entre y se hinque de rodillas ante mi dulce señora y diga con voz humilde y rendida: «Yo, señora, soy el gigante Caraculiambro, señor de la ínsula Malindrania, a quien venció en singular batalla el jamás como se debe alabado caballero don Quijote de la Mancha, el cual me mandó que me presentase ante la vuestra merced para que la vuestra grandeza disponga de mí a su talante».

Cada visita al camposanto era un largo recitado sin público ni oyentes indiscretos; hablaba para los pájaros del cielo que eran república en el arbolado de cipreses y de tilos que circundaba el cementerio y, como todos los locos, hablaba para los muertos que ya no escuchan palabra alguna.

Para el amor continuaba tan cuerdo como desmedido; no faltaba al débito conyugal y repetía hasta cuatro veces el ejercicio amoroso satisfaciendo con creces los deseos de su mujer, que seguía, y razones no le faltaban, tan enamorada como el primer día. En el lecho no existían tabúes ni barreras cuando se entregaban a la primaria esgrima, esa gimnasia esencial para la que Alonso estaba instintivamente dotado.

Y si uno era insaciable, la otra no se quedaba corta. La noche era su particular paraíso después de la locura cotidiana. Mas, cuando se amaban, los territorios en los que se adentraban tampoco eran terrenos que dictaran mucho de ella.

Manuela se ocupaba de dirigir casa y hacienda; los menesteres contables de su marido concluían de puertas para adentro; ella administraba su afecto, la vida errática y estrafalaria de él, los dineros del hogar y la fortuna que iba adquiriendo comprando y vendiendo fincas, comprando y vendiendo pinares y arboledas maderables.

Una vieja tata que la había criado se ocupaba de gobernar la intendencia doméstica, liberando a la señora de todas las labores del hogar.

Mientras tanto Alonso iba enflaqueciendo, convirtiéndose en un magro caballero de triste figura que se mimetizaba con su héroe y señor el ingenioso hidalgo don Quijote de la Mancha, un territorio nuevo que tenía el paisaje de la mar abierta por donde cabalgaba el viento galopando al aire en rocines imposibles.

En una de las ferias campesinas que se celebraba en una cercana aldea adquirió un caballo, un jamelgo percherón, como son todos los caballos de por esta parte, y lo bautizó solemne con el nombre, no podía ser otro, de Rocinante.

Al día siguiente de haberlo comprado invitó a su esposa a cabalgarlo y los dos se fueron al bosque más frondoso de todo el término municipal, y pidió a su enamorada que se desvistiese y cabalgara desnuda a lomos del rocín sin montura. Hízolo presta, y luego de un paseo de no más de dos leguas descabalgó y se amaron feroz, salvajemente, como nunca lo habían hecho hembra y varón alguno. Fue sólo aquella vez.

Eligió Alonso la mañana del Corpus para armarse caballero; había llegado el momento, ya estaba preparado. Después de que los curas de las tres iglesias y el arcipreste de la colegiata bendijeran la mar y la mar arrastrara hasta su vientre de agua la corona de rosas que el municipio echaba a las aguas recordando a los náufragos y a todos los muertos que las mareas devuelven a las orillas, comenzó la ceremonia tal y como contaba el libro.

Dos amigas de Manuela oficiaron de testigos; fueron la Tolosa de la historia y doña Molinera, que cita Cervantes como hija de un honrado molinero de Antequera. Aquellas dos mujeres se tomaron en serio su cometido y el nuevo caballero, armado sin espada, pudo al fin comenzar sus aventuras.

La del alba sería cuando nuestro buen Alonso, el falangista jefe de la escuadra incendiaria y caudillo de los asesinos que pasearon impunemente, que ejecutaron a punta de pistola a más de veinte vecinos culpables de militar en partidos políticos leales a la República, salió del muelle tan contento, tan gallardo, tan alborozado por verse ya armado caballero, que el gozo le reventaba por las cinchas del caballo. Mas viniéndole a la memoria los consejos de las dos damas acerca de las prevenciones tan necesarias que había de llevar consigo, en especial la de los dineros y camisas, sabias recomendaciones dictadas al oído de ambas dos mujeres por su amantísima esposa, determinó dirigirse a su casa y acomodarse de todo, y de un escudero, haciendo cuenta de recibir, siguiendo los consejos de su mujer y negociados con el resto de la familia, a un mandadero que estuvo desde mozo al servicio de la casa y que por sus especiales dotes para todo tipo de oficios era conocido por el mote o sobrenombre de *Milmañas,* muy a propósito para el oficio escuderil de la caballería.

La del alba sería.

Los pueblos de esta parte de la cristiandad tienen una luz que funde los colores cuando va crecida por mayo la primavera. Se disuelve el arco iris en el aire y, según caminas y fijas la mirada en una calle lejana que alcanza a divisar tu vista o miras para el fondo del paisaje, los colores permanecen estáticos en la retina hasta diluirse en los recuerdos. Es una muy extraña sensación que sólo pude observar en los pueblos de esta comarca.

Pasaría mucho tiempo hasta que Manuela se convirtiera en la amada Dulcinea; era ella quien marcaba el guión, quien medía los tiempos, quien decidía las aventuras que su señor don Quijote debía protagonizar. Por temporadas parecía que Alonso volvía a recuperar el juicio, pero era una treta o un espejismo, una artimaña para que un sobrino suyo, recién titulado perito mercantil, no lo inhabilitara y desposeyera de sus funciones de administrador del patrimonio familiar, que por cierto se había incrementado gracias a la pericia de su esposa, la grácil y dispuesta Manuela, cuello de garza y garzos ojos del color de la noche.

Con una excitación que superaba los más duros episodios de los tiempos de la locura más intensa que había vivido, Alonso revivió en *El Quijote* la noche del incendio de la biblioteca.

... Pidió las llaves del aposento donde estaban los libros autores del daño, se las dieron de buena gana. Entraron dentro todos y hallaron más de cien cuerpos de libros grandes, muy bien encuadernados y otros pequeños; y así volviose a salir del aposento con gran priesa, y tornó luego con una escudilla de agua bendita y un hisopo, y dijo: «Tome vuesa merced, rocíe este aposento, no esté aquí ningún encantador de los muchos que tienen estos libros, y nos encanten, en pena de las que les queremos dar echándolos del mundo». Causó risa al licenciado y mandó al barbero que le fuese dando de aquellos libros uno a uno, para ver qué trataban, pues podía ser hallar algunos que no mereciesen castigo de fuego.

... «No hay que perdonar a ninguno», se oyó decir, «mejor será arrojarlos por las ventanas al patio y hacer un rimero de ellos y pegarles fuego, y, si no, llevarlos al corral, y allí se hará la hoguera, y no ofenderá el humo.»

Tal era la gana que tenían de la muerte de aquellos inocentes, mas el cura, siempre la infame clerigalla, no vino en ello sin primero leer siquiera los títulos. Y el primero que maese Nicolás le dio en las manos fue *Los cuatro de Amadís de Gaula,* y dijo el cura: «Parece cosa de misterio ésta, porque, según he oído decir, este libro fue el primero de caballería que se imprimió en España y todos los demás han tomado principio y origen de éste, y, así, me parece que, como a dogmatizador de una secta tan mala, le debemos sin excusa alguna condenar al fuego»... otro libro era *Las sergas de Esplandián,* hijo legítimo de Amadís de Gaula... «pues en verdad», dijo el cura, «que no le ha de valer al hijo la bondad del padre. Tomad, abrid esa ventana y echadle al corral, y de principio al montón de la hoguera que se ha de hacer...».

Episodio tal como el que antecede, párvulamente narrado por mor de la necesaria síntesis, encamó por tres semanas a nuestro Alonso preso de fiebres y de temblores que no evitaba y que lo mantuvieron todo ese tiempo en vigilia permanente, esquivando el sueño y sintiendo cómo las llamas purificadoras encendían sus sienes y su pecho. La hoguera en la que se consumían los libros era un holocausto; se desmoronaban en su delirio las paredes de la alcoba. Las imágenes dantescas de la biblioteca ardiendo iban y venían recorriendo la habitación y el viento del sur golpeaba furioso los vidrios del balcón.

Otro pavoroso incendio abrasaba desde las páginas del libro de caballería la memoria que la imaginación iba recuperando.

Y ella paciente al pie de la cama, sentada día y noche, escuchando cómo la lluvia de aquel otoño tarareaba canciones de agua y hacía el contracanto a los recuerdos.

Cuando se curó de las fiebres, que no de los delirios, la familia convino en destinar una finca a pocas leguas del pueblo para que Alonso viviera allí sus andanzas. Construyeron un pequeño establo para el rocín y mandaron fabricar lanza, espadas y armadura a un maestro artesano de Granada. Con escasa convicción accedió a trasladarse a los nuevos campos, a un territorio al resguardo de miradas indiscretas, pues su diaria visita al cementerio para orar junto a la tumba de su hermano se había convertido en reunión de ociosos que acudían cada mañana como quien va a una función de teatro, y en no pocas ocasiones Alonso, blandiendo un palo de madera, se enfureció con su público y propinó una tunda a más de uno.

Con Milmañas, previamente contratado por mil pesetas cada mes y dos comidas diarias, se fue en busca de aventuras y lo primero que vino en tratar fue nombrar escudero a aquel pobre hombre, mandadero de su casa y nombrado para el siglo como Santos Parra, que ésa y no otra era su verdadera gracia.

> ... Decíale entre otras cosas don Quijote que se dispusiese a ir con él de buena gana, porque tal vez le podía suceder aventura que ganase, en un quítame allá esas pajas,

alguna ínsula y lo dejase a él por gobernador de ella. Con esas promesas y otras tales, convenció en la ficción a Milmañas y asentó por escudero de su vecino...

Como era menester y reza el libro, hubo que proveer de jumento al fiel escudero, que cada mañana se trasladaba al campo portando dos alforjas, tal y como su señor le había ordenado.

Con frecuencia, en la comarca el clima es hostil y trae el carro de la lluvia repleto en los otoños y el manto invisible de la niebla cuando el invierno es enero. Por esa razón, caballero y escudero se trasladaban en una camioneta que iba vendiendo pescado por las aldeas del contorno y que pertenecía a un pariente cercano, que realizaba sin desagrado alguno el servicio.

Un poco grotesco me pareció ver a aquel loco, lanza en ristre, subido en la caja del automóvil acompañado de un cuerdo, a quien pagaban por simular su locura de conveniencia para no hacer de menos a su señor. Era una estampa tan frecuente que a nadie extrañaba.

Con el buen tiempo siguieron viajando en la camioneta, que en la cabina llevaba a una pasajera acompañante. Era Manuela, la esposa fiel, Dulcinea temporal que, invariablemente, portaba el libro del ingenioso hidalgo en sus manos como quien lleva un misal.

Manuela iba siguiendo las páginas de atrás hacia delante y muchas veces repitió episodios y pasajes, pues Alonso era caprichoso en sus gustos y muy infantil en su oportunista pérdida del juicio, que juicio había perdido, pero no la razón de forma permanente.

Varios años repitiendo tales juegos fueron dejando huellas bien visibles en el rostro aún joven y ya avejentado de tan bella mujer, y el tiempo fue arando surcos en la afilada y enjuta cara del falangista reconvertido y arrepentido, que sufría ataques de arrebato místico y se golpeaba con saña, hasta abollarla, la pechera de su armadura.

Quien asumió completamente su personaje fue Milmañas, del que nunca supimos si estaba interpretando un papel o si se había convertido, de tanto representarlo, en un auténtico escudero.

... Iba Milmañas sobre su jumento como un patriarca, con sus alforjas y su bota y con mucho deseo de verse gobernador de la ínsula que su amo le había prometido. Acertó don Quijote a tomar la misma derrota y camino que él había tomado en su primer viaje, que fue por el campo de Montiel —en realidad donde el río divide en dos la finca—, por donde caminaba con menos pesadumbre que la vez pasada, porque por ser la hora de la mañana y herirles a soslayo los rayos de sol no les fatigaban, dijo en esto Milmañas a su amo: «Mire vuesa merced, señor caballero andante, que no se le olvide lo que de la ínsula me tiene prometido, que yo la sabré gobernar por grande que sea».

A lo cual respondió don Quijote: «Has de saber, amigo Milmañas, que fue costumbre muy usada de los caballeros andantes antiguos hacer gobernadores a sus escuderos de las ínsulas o reinos que ganaban, y yo tengo determinado de que por mí no falte tan agradecida usanza, antes pienso aventajarme en ella; porque ellos algunas veces, y quizá las más, esperaban a que sus escuderos fuesen viejos, y, ya después de hartos de servir y de llevar malos días y peores noches, les daban algún título de conde, o por lo mucho de marqués, de algún valle o provincia de poco más a menos, pero si tú vives y yo vivo bien podría ser que antes de seis días ganase yo tal reino que tuviese otros a él adherentes que viniesen de molde para coronarte por rey de uno de ellos. Y no lo tengas a mucho, que cosas y casos acontecen a los tales caballeros por modos tan nunca vistos ni pensados que con facilidad te podría dar aún más de lo que te prometo...».

Y así fue como el fiel escudero se mudó en pícaro, y años después, muerto ya su señor, reclamó parte del terreno que, según él, Alonso le había prometido de forma reiterada. Fue tal su exigencia que la viuda del otrora caballero, del señor de las ensoñaciones, tuvo que escriturar a su nombre dos hectáreas del campo de operaciones de señor y escudero, y Milmañas, que nunca nada había poseído, se convirtió en propietario. Con los salarios ahorrados por tantos años puso una venta o merendero donde antes se levantaban los establos, y aún hoy la Venta cervantina, que así se llama, es bien famosa por sus perdices y sus truchas escabechadas.

El día de Año Nuevo, después de la comida, a los postres, con toda la familia sentada a la mesa, anunció Manuela que estaba embarazada, y poco después perdió al hijo que esperaba. Era el segundo aborto y no volvería a intentar tener descendencia con aquel hombre. Toda su fortaleza se vino abajo, se desmoronó aquel castillo altivo, se fue empequeñeciendo; ya no tenía edad para ser madre y no podría serlo.

A los pocos días, recién entrado febrero, fueron los carnavales, que ese año cayeron temprano en el calendario, y ocurrió un suceso que, no por leído, contado o conocido dejó de resultar sorprendente: se trataba del sucedido al valeroso don Quijote en la jamás imaginada aventura de los molinos de viento.

Es bien sabido que por estos pagos no hay otros molinos que los que giran la rueda en el agua de los ríos, y es conocido de todo cristiano el tamaño que por aquí alcanzan los árboles, y sobre todos ellos los eucaliptos que los misioneros plantaron al nacer el siglo concluido

... y en esto descubrieron, al fondo, saliendo de la finca, treinta o cuarenta árboles de gran alzada que hay en aquel campo, y así como Alonso los vio, dijo a su escudero:

—La ventura va guiando nuestras cosas mejor de lo que acertamos a desear; porque ves allí, amigo Milmañas, donde se descubren treinta o más desaforados gigantes, con quienes pienso hacer batalla y quitarles a todos la vida, y con cuyos despojos comenzaremos a enriquecer, que ésta es buena guerra, y es gran servicio de Dios quitar tan mala simiente de sobre la faz de la Tierra.

—¿Qué gigantes?—dijo Milmañas.

—Aquellos que allí veis —respondió su amo— de los brazos largos, que los suelen tener algunos de casi dos leguas.

—Mire vuesa merced —respondió el escudero— que aquellos que allí se ven no son gigantes, sino frondosos y altos árboles, y lo que en ellos parecen brazos son las ramas, que movidas por el viento hacen ruidos inquietantes.

—Bien parece —añadió don Quijote— que no estás cursado en esto de las aventuras: ellos son gigantes; y si tienes miedo quítate de ahí y ponte en oración en el espacio que yo voy a entrar con ellos en fiera y desigual batalla.

Y diciendo esto dio de espuelas a su caballo Rocinante sin atender a las voces que su escudero le daba, advirtiéndole que sin duda alguna era una arboleda, y no gigantes, aquellos que iba a acometer. Pero él iba tan puesto en que eran gigantes que ni oía las voces de su escudero ni echaba de ver, aunque estaba bien cerca, lo que eran, antes iba diciendo en voces altas:

—¡Non fuyades, cobardes y viles criaturas, que un solo caballero es el que os acomete!

Levantose viento, y las ramas de los árboles se agitaron con violencia, lo cual visto por don Quijote, dijo:

—¡Pues aunque mováis más brazos que los del gigante Briareo, me lo habéis de pagar!

Y en diciendo esto y encomendándose de todo corazón a su señora Dulcinea, a la dulce Manuela, pidiéndole que en tal trance le socorriese, bien cubierto de su rodela, con la lanza en ristre arremetió a todo el galope de Rocinante y embistió con el primer árbol que estaba delante; y dándole una lanzada en la rama la volvió el viento con tanta furia que hizo la lanza pedazos, llevándose tras sí al caballo y al caballero, que fue rodando muy maltrecho por el campo. Acudió Milmañas a socorrerle, a todo correr de su asno, y cuando llegó halló que no se podía menear, tal fue el golpe que dio con el Rocinante.

—¡Válgame Dios! —dijo el escudero—, ¿no le dije yo a vuestra merced que mirase bien lo que hacía, que no eran sino árboles y no lo podía ignorar?

—Calla, amigo —respondió don Quijote—, que las cosas de la guerra más que otras están sujetas a continua mudanza; cuanto más que yo pienso, y es así verdad, que aquel sabio Frestón que me robó el aposento y los libros ha vuelto a estos gigantes en árboles por quitarme la gloria de su vencimiento, tal es la enemistad que me tiene; mas al cabo han de poder poco sus malas artes contra la bondad de mi espada.

—Dios lo haga como puede —respondió el del asno, y ayudándole a levantar tornó a subir sobre Rocinante, que medio despaldado estaba, y hablando en la pasada aventura siguieron el camino.

A esa hora de la tarde, cuando las luces de la noche se prenden en el paisaje, volvió la camioneta a la finca para recoger a los dos personajes. Alonso sufría un gran descalabro y tenía desfigurada la cara por causa del tremendo golpe producido por el violento choque contra un añoso nogal, primero de los árboles de la línea que dividía los dos campos de la finca de recreo.

Espantado el conductor por tan lastimoso aspecto, acertó a llevarlo a la casa de socorro por ver si lo curasen, y en este punto acabaron las aventuras del impostor Quijote y Alonso fue recluido por decisión de sus familiares en la casa de la plaza y tratado médicamente por un afamado médico de la capital de España, ducho en males de la cabeza.

Dejó de hablar, pero siguió leyendo. Siempre el mismo libro, el regalo que habría de perturbar su mente, *Don Quijote de la Mancha*, de Miguel de Cervantes.

Deshízose el trato que vinculaba a caballero y escudero y que había durado más de dos lustros enteros, y Santos Parra comenzó a pleitear por hacer valer sus derechos laborales, consiguiendo, como ya hemos contado, ser propietario de un buen terreno donde antaño hubieron lugar las correrías de su señor.

Muchas noches, en su insomnio y delirio, Alonso clamaba por su fiel escudero, aún en sueño, al cual impidieron acercarse y ver a su antiguo amo.

Manuela, envejecida pero todavía bella, mudose a otra alcoba distinta a aquella en la que dormía su marido, cesó de realizar vida conyugal, dispuso la tutela de su esposo en manos de dos ancianas sirvientas y decidió que ya era llegada la hora de soñar por cuenta propia.

Con el desamor entendió que había vivido una vida por cuenta ajena, que todo su vivir había sido una causa perdida y que el tiempo no regresa nunca. El porvenir y el porvivir tendrían que ser distintos; todo lo pasado, bien mirado, no tuvo sentido alguno. Se iba palpando el cuerpo mirándose en un espejo del armario mientras se desnudaba; tocaba el pecho sin turgencia, el vientre estéril que no sirvió para engendrar los hijos que no tuvo, deslizó las manos hasta su sexo y lo acarició como cuando era una adolescente; desanudó la coleta del cabello y se tendió en la cama donde siguió acariciándose con una lenta cadencia que se iba acelerando mientras pensaba en lo que pudo haber sido y no fue, en los pocos amigos que tuvo, en las pícaras conversaciones con las amigas mayores que ella que contaban experiencias amatorias, en su marido cuerdo haciéndole el amor con la furia de las galernas; recordaba vagamente todos los sabores salados del sexo, memoria de cuando él besaba su vagina y ella lamía su miembro.

Todo había acabado y se seguía acariciando hasta casi hacerse daño, hasta el placer que no quería acudir a la cita programada, hasta el placer convocado que se fue resistiendo, hasta que llegó por sorpresa y por su mejilla rodó una lágrima.

Fuera llovía, como siempre.

La vida de Alonso se convirtió en un compendio de monotonías. Vivía recluido, veía el mundo que cruzaba por la plaza, desde la galería, desde el mirador del segundo piso. Aquel hombre magro y enjuto era de repente un anciano, la viva imagen del caballero de la triste figura. No hablaba nada ni con nadie; pasaba las noches en vela, y, cuando conciliaba el sueño, soñaba con don Quijote y profería grandes gritos que despertaban a cuantos dormían en la casa; durante el día deambulaba torpemente por pasillos y estancias como ebrio a causa de las pastillas, de los remedios que ingería. No reconocía ni a las dos viejas sirvientas, siempre solícitas, ni a su amada esposa, a quien confundía con Preciosa, con doña Rodríguez de Grijalva o con la princesa Micomicona. Había perdido completamente el juicio y no podía recuperar la lucidez necesaria para interpretar la realidad y la vida.

Manuela aprendió a llorar con grandes sollozos, con desgarradores ayes que rompían el corazón a quienes la escuchaban. Manuela, por voluntad propia, se enterró en vida. Su universo estaba reducido a la alcoba y al salón del piso alto, donde recibía a las visitas; la radio era una especial compañía: seguía las radionovelas y los partes noticiosos, gustaba de escuchar los discos dedicados y vivía intensamente los seriales, especialmente *Ama Rosa* y la novela catalana *Mariona Rebull*. Apenas veía a su marido, que residía en el piso de abajo, y como el tiempo también desdibuja los recuerdos, se fue enamorando de un joven médico que empezó a visitarla con motivo de una pleuresía que resistió casi todos los medicamentos y que luego, por rutina, subía a acompañarla en conversación y en los inocentes juegos de mesa, pasando pronto a otros juegos mayores que hicieron que la pasión perdida volviese a apoderarse de su cuerpo.

* * *

Hacía ya varios años que perdí interés por el billar. Vivía en otra ciudad, aunque frecuentaba la mía. Ya no estaba el diablo, o por lo menos no percibía su presencia, hasta que en una ocasión, por Navidad, vino a visitarme a la casa de mis padres; poco tiempo antes había fallecido mi madre y el señor diablo pasó por mi casa a darme el pésame, a mostrarme sus condolencias, aunque, según dijo, apenas me conocía y no tenía suficiente confianza conmigo, no así con mi señora madre, que incluso le había regalado un frasco de licor de guindas con motivo de un concurso de farolillos de papel celebrado después de acabar la guerra, un primero de abril. En el jurado estaba el señor diablo, que, como es bien sabido, tiene grandes habilidades para trabajar el papel de seda.

Agradecí su visita y conversamos un buen rato. Anunció una larga ausencia, una estancia temporal en un país extranjero; sin embargo, manifestó su intención de escribirme y mantenerme al tanto de su vida. Cumplió su palabra. Supe de él cada mes mientras estuvo fuera, y me eligió como su único amigo en el mundo de los vivos. Me transfirió el señor diablo una incómoda arte adivinatoria que me produce un inmenso dolor cuando hago uso de ella, un uso inevitable que consiste en adelantarme en el conocimiento de la muerte de las personas, con un error de no más allá de una semana. Sé quién va a morir y cuándo, aunque goce de una aparente buena salud, ya sea joven o viejo. Es un legado del maligno que me castigó con ese regalo. Ahora, otra vez, vive fuera.

El pueblo creció mucho; si hace algunos años que no vas por allí, no vas a reconocerlo; tiraron las casas viejas del malecón y construyeron edificios modernos y armónicos; las plazas del Pan y del Vino tienen estatuas nuevas en el centro: la una, el monumento a los caídos en la guerra; la otra, una estatua del jurista que nació en una de las casas de la plazuela. Están levantando viviendas por la parte alta, justo detrás de la colegiata, y en el barrio de abajo han trazado nuevas calles. Está todo muy cambiado. Lo que sigue igual es la casa en ruinas donde estuvo la biblioteca que quemaron; cuando paso cerca reconozco el olor de los libros que ardieron y la brisa indolente que anuncia que el viento del sur, el dulce viento del sur, está desenredándose y esperando que llegue, por julio, el Carmen.

Tres médicos fueron consultados y los tres coincidieron en el diagnóstico. Desahuciaron al enfermo; el cáncer de estómago estaba acabando con Alonso y poca vida le quedaba por sufrir. Tiempo hacía que ya no podía comer y su delgadez era extrema.

—Señores —dijo Alonso después de meses de silencio—, veámonos poco a poco, pues ya en los nidos de antaño no hay pájaros hogaño. Yo fui loco y ya soy cuerdo; fui don Quijote de la Mancha y soy ahora Alonso, natural de este pueblo. Pueda con vuesas mercedes mi arrepentimiento y mi verdad volverme la estimación que a mí se me tenía...

...En fin, llegó el último suspiro de don Quijote después de recibidos todos los sacramentos y después de haber abominado con muchas y eficaces razones de los libros de caballerías. Hallose el escribano presente y dijo que nunca había leído en ningún de estos libros que algún caballero andante hubiese muerto en su lecho tan sosegadamente y tan cristiano como don Quijote; el cual, entre compasiones y lágrimas de los que allí se hallaban, dio su espíritu: quiero decir que se murió.

Dejó ordenado que su epitafio fuera el mismo que el bachiller Sansón Carrasco escribió para cincelar sobre la tumba del ingenioso Hidalgo y que reza de esta guisa:

Yace aquí el Hidalgo fuerte
que a tanto extremo llegó
de valiente, que se advierte
que la muerte no triunfó
de su vida con su muerte.
Tuvo a todo el mundo en poco;
fue el espantajo y el coco
del mundo, en tal coyuntura
que acreditó su ventura
morir cuerdo y vivir loco.

Hízose tal como dispuso y fue enterrado en la misma tumba donde estaba sepultado su hermano. Llovía aquella mañana y la primavera perfumaba el valle. Llovía. Lo enterraron bajo un intenso aguacero y, cuando la losa cubrió la sepultura, un grandioso arco iris pintó de siete colores el horizonte.

2

Pudo asistir al funeral. Venía para quedarse, para vivir con su madre, que fue quien le comunicó el fallecimiento de Alonso. Él era el más joven de los cinco. Todavía vive, aunque poco sé de cómo discurre su vejez. Un muchacho presumido y fanfarrón es lo que había sido toda su vida. Dicen que se había hecho falangista porque le gustaba mucho el uniforme, llevar la camisa remangada hasta el codo, soñar una improbable revolución y combatir el socialismo y a los comunistas, a quienes odiaba por razones que ni él mismo conocía. Hijo único, vivía con su madre viuda y dueña de una mercería en la calle alta que, mira por dónde, se convirtió en la avenida de José Antonio.

Elías fue quien encendió la mecha que prendió la gasolina que quemó los libros de la biblioteca. Fue el autor material del incendio. Desde aquel día no puede ver una hoguera y muchas noches sueña una pesadilla recurrente que consiste en verse en lo alto de una pira rodeado por las llamas que unos libros están provocando. Cuando despierta sobresaltado sabe bien de la imposibilidad de que los pacíficos y bondadosos libros puedan hacerle daño alguno, y se duerme de nuevo, pero con frecuencia regresa la pesadilla al corazón de su sueño.

Y ahora, cuando se agolpaban todos los viejos recuerdos, asistía al sepelio de su amigo y jefe, de su camarada.

Veía sentada en el primero de los bancos de la colegiata a su viuda, a la mujer que más había deseado en su juventud, a Manuela, que aún estaba guapa pese a toda aquella tristeza que se detuvo en su mirada; el pelo recogido y el negro vestido del luto riguroso la hacían parecer más atractiva.

Se acercó a darle el pésame y, con gran sorpresa por parte de ella, la abrazó y besó en la mejilla con la más sincera de las condolencias.

Elías llevó sobre sus hombros el ataúd de su compañero; fue el único de los camaradas que tuvo ese gesto.

Volvía para quedarse, para estar junto a su madre en los últimos años de su vida. Había dejado la portería que le concedieron cuando regresó de la División Azul, con la Cruz de Hierro colgada en su pecho por méritos de guerra.

Sin oficio alguno, volvía para vivir de las rentas de su madre. Recordaba cuando se marchó para alistarse voluntario en el tercio falangista que luchó en Asturias y en el frente de Madrid, y, terminada la guerra, en aquel grupo de aventureros que se fueron a Rusia a combatir con los nazis al comunismo.

Estaba desengañado y roto, se sentía traicionado, no se acostumbraba a servir en la capital, desde la portería de una casa de vecinos, a los capitalistas parásitos, enriquecidos por Franco con el estraperlo y que hicieron la guerra desde la retaguardia.

Era un hombre de acción y todavía le hervía la sangre, seguía creyendo en los ideales que aprendió de joven y moriría o mataría por ellos si fuera necesario.

Cuando abrazó a la viuda de su camarada, notó cómo se estremecía y los viejos deseos de juventud volvieron a ponerse en pie; ya nunca la vería como a la esposa de su antiguo jefe: la deseó de nuevo como un hombre desea a una mujer.

Las imágenes de la División Española de Voluntarios en Rusia se agolparon en su cabeza mientras se estaba dando tierra al cadáver de Alonso, y recordó a los compañeros muertos del segundo batallón del regimiento doscientos sesenta y dos y su gesta heroica en Kolpino, a sólo un centenar de kilómetros de Leningrado.

Estaban junto a la línea del ferrocarril en la aldea de Krasny Boor, que habían tomado semanas atrás; era a primeros del mes de febrero de 1943, la temperatura no subía de los veinte grados bajo cero y el fuego de los rojos causó numerosas bajas. Armado con un racimo de granadas, Elías salió del búnker y desbarató la posición enemiga. No quedaba vivo ningún oficial del segundo batallón. La gesta del joven falangista sirvió para romper las líneas soviéticas; los muertos entre los españoles eran muy numerosos y Elías deambuló varias horas por el campo de batalla, inmune a los disparos. Fue el ejército alemán el que dio razón de su hazaña y lo evacuó tras las líneas de combate, a punto de morir congelado de frío; se salvó tras haberle arrebatado a un soldado ruso muerto en combate sus walenski, sus botas altas de fieltro y el abrigo de cuero forrado de lana de oveja.

Trasladado a Berlín, le fue concedida por el Führer la más alta distinción militar: la Cruz de Hierro.

Palpó el bolsillo de su chaqueta para comprobar que el galardón permanecía en su sitio, presente en el entierro de su camarada, cuando se dio cuenta de que estaba en su pueblo y vio el arco iris posado sobre la mar, su mar, la mar de su pueblo que vio cómo crecía y se hacía un hombre, la mar que repasó el censo de muchachos de su generación y lo echó en falta, la mar que temió por su ausencia definitiva. Pero había vuelto, estaba allí y miraba la mar desde la puerta del cementerio, y la mar lo reconocía y en su honor formaba una cenefa de espuma blanca que coronaba las olas.

Y se emocionó, y los recuerdos se confundieron y se enredaron unos con otros deshilvanando su memoria.

A la mañana siguiente iría a ver a Manuela, quería contarle lo que nunca pudo decirle; acaso no diría nada y sólo la miraría, o cogería sus manos entre las suyas comprobando que ambos pulsos galopaban sienes adentro como caballos desbocados.

Ocupado en el desorden de sus pensamientos bajó caminando hasta el pueblo y sus pasos de autómata lo dirigieron hasta las ruinas de la biblioteca. Se alarmó cuando las tuvo frente a sí, y una llamarada intensa incendió furiosa todos sus recuerdos y era la víspera del Carmen y prendía fuego a la mecha.

Tanto tiempo transcurrido y aquel olor de los libros quemados perforaba como un taladro su corazón, y un mareo subía de su pecho a su cabeza, y comenzó a correr despavorido hasta alcanzar la tienda, la mercería de su madre; corría como sólo lo había hecho para enfrentarse al enemigo, corría para huir de sus recuerdos, para refugiarse de su conciencia. Al llegar se abrazó a su progenitora y así permaneció un largo rato recuperando la infancia y todos los registros de un abrazo verdadero, como el que un hijo es capaz de encontrar en los brazos de una madre.

No habían pasado muchas horas cuando, en la puerta de la mercería, alguien dejó un paquete con su nombre escrito en el envoltorio. Se lo subieron a la habitación donde dormía, se despertó y al abrir el paquete, que venía sin remitente, encontró una edición de la *Ilíada,* escrita por Homero. Era otro de los libros salvados del incendio. La tapa estaba chamuscada delatando su procedencia, y en el borde, con letra caligráfica, habían escrito un mensaje, el mismo que daba fin a la obra. Una mano anónima escribió: «Así celebraron las honras de Héctor, domador de caballos».

Aún hoy, cuando el siglo ya expiró, no he sabido interpretar, descifrar el mensaje. Tal vez no quisiera decir nada y estuviera escrito por un lector que lo hubiera tomado prestado de la biblioteca pública. Quién sabe.

Enterrado Alonso, recibí una carta del diablo fechada el mismo día de su muerte en una lejana ciudad del extranjero que fui incapaz de ubicar en los atlas consultados. Recorría en largas y complicadas reflexiones la vida del fallecido, demostrando un conocimiento profundo de su existencia que a mí me interesaba muy poco. Escribía sobre la obra de Cervantes y daba a entender que había sido por su intercesión cómo Alonso fue perdiendo el juicio. Había traicionado los principios que él mismo le había inculcado y rompió unilateralmente el pacto. Alonso fue programado para el mal de los hombres a cambio de conquistar el corazón de Manuela. El diablo cumplió lo prometido y Alonso, a raíz de la muerte de su hermano, desertó como embajador del mal.

No sé si creerlo, pues no he conocido en mi vida a un impostor tan majadero como aquel diablo. No sé por dónde andará ahora; hace varios meses que no sé nada de él, ni me escribe como antes. Tuve noticia suya la pasada primavera, cuando me envió un recorte de periódico con una foto en la que recibía una copa, un trofeo de un campeonato de billar celebrado en Karlovy Vary. No supe traducir el texto, que debía de estar escrito en servocroata.

Elías creció sin padre; huérfano desde muy pequeño, vivió su infancia con su madre, una señora de la clase media pueblerina desconfiada y temerosa de Dios por miedo al castigo de un pecado de juventud. Su padre, el abuelo de Elías, fue patrón de gabarras de las que iban al chicharro, y en las traíñas del chicharrón, que entró por la ría cuando la guerra de Abisinia, ganó mucho dinero y puso para su hija la mercería Dolores, en la calle alta. Hija única y escasamente agraciada, casó con un tarambana sin oficio ni beneficio y enfermo de tisis, mal que, al poco tiempo de casarse, lo llevaría a la tumba. Elías nació tres meses después de la boda de sus padres y su progenitor falleció el día en que el niño cumplía dos años.

No hubo peor estudiante en la historia de la enseñanza del pueblo. Dejó los libros por consejo de sus preceptores en segundo de bachillerato, el año en que cumplía los catorce. Se afilió a las falanges juveniles buscando la acción que demandaba el inmenso tedio pueblerino y se convirtió en el más osado, el más aguerrido, el más chulo y presuntuoso de todos los falangistas de la zona. Fue un joven asesino lleno de odio, se le calentaba el dedo al ponerlo sobre el gatillo y paseó a más de una docena de inocentes que cometieron el delito de estar afiliados a partidos políticos de la izquierda. Desideologizado, con unos basamentos teóricos enraizados en un par de consignas grandilocuentes inculcadas por Alonso y con una dosis de rencor creciente proyectada en los rojos, en los pocos socialistas, nacionalistas, comunistas y republicanos supervivientes de las sacas de las primeras semanas que siguieron al golpe de Estado, Elías buscaba la acción como meta, como consecuencia, como soporte único para una vida que se le estaba quedando pequeña.

Cuando matas descubres el placer de matar; la sangre exige sangre y no puedes evitar su llamada. Cuando la sangre te convoca, estás perdido y ya no hay marcha atrás, por eso se fue voluntario a combatir bajo una bandera de Falange a los más comprometidos frentes de la guerra; la sangre lo amparaba y protegía; nunca le tembló el pulso a la hora de dar un paso al frente para ser el primero en las más arriesgadas misiones; protagonizó hazañas casi inverosímiles de las que siempre salía ileso de entre todos los muertos, sus compañeros caídos en combate. No sentía frío ni calor; con su camisa azul remangada, dejando que el frío del invierno y el calor del verano preservasen su cuerpo, se fue convirtiendo poco a poco en una auténtica leyenda tan temida como admirada. Elías era ciertamente un asesino vesánico que disfrutaba con matar; obsesionado con la muerte, los cuerpos de los enemigos eran una diana en la frente, donde dejaba su firma con un disparo certero. Hasta los oficiales, sus oficiales, temían a aquel muchacho bajito y cetrino que tenía turbia la mirada y necesitaba la sangre, la puta sangre, para seguir viviendo.

Incapaz de leer más de dos páginas seguidas, buscó un texto asequible en el libro recibido; maldijo con grandes improperios al desconocido remitente y se escuchó a sí mismo leyendo a gritos un pasaje de la *Ilíada* que descolocó a su madre presente y que no estaba en disposición de encontrar sentido a aquellas frases:

... «Óyeme tú que llevas arco de plata, proteges a Crisa y a la divina Cila e imperas en Ténedos poderosamente. ¡Oh Esmintio!, si alguna vez adorné tu gracioso templo o quemé en tu honor pingües muslos de toros o de cabras, cúmpleme este voto: ¡Paguen los danaos mis lágrimas con tus flechas!»

Tal fue su plegaria. Oyola Febo Apolo, e irritado en su corazón, descendió de las cumbres del Olimpo con el arco y el cerrado carcaj en los hombros: las saetas resonaron sobre la espalda del enojado dios, cuando comenzó a moverse. Iba parecido a la noche. Sentose lejos de las naves, tiró una flecha y el arco de plata dio un terrible chasquido. Al principio el dios disparaba contra los mulos y los ágiles perros; mas luego dirigió sus mortíferas saetas a los hombres, y continuamente ardían muchas piras de cadáveres...

Nunca supo por qué vinieron a su boca aquellas palabras escritas en el libro, ni tampoco sé yo por qué las estoy reproduciendo ahora. Lo que para Elías era una maldita confusión que mezclaba las ideas leídas con las palabras aprendidas y escritas en las primeras páginas de la *Ilíada*, era para mí la magia de la literatura, que premia a los hombres y a las mujeres con el placer de leer y castiga a los humanos con la tortura de las palabras incomprensibles, con una babel de ideas y conceptos que todo lo confunden.

Pensó Elías que debió de comprobar aquella noche que todos los libros de la biblioteca que habían ardido en la pira habían sido convenientemente quemados. Estaba seguro de que los que se salvaron de la quema se habían reproducido y organizado para arruinar su vida y no lo iba a consentir. Cuando le contaron la epopeya de los libros perdidos, el misterio inexplicable de los libros navegantes, creyó que de aquella confabulación en contra suya los libros nautas iban a regresar algún día para asaetearlo con palabras.

No sabía que los libros desconocen el rencor y el odio, y si en sus páginas habita la memoria es sólo para que los hombres dispongan a su antojo de los recuerdos.

Conocí a Elías cuando se afincó en el pueblo. Noticia tuve en su momento de sus méritos bélicos, pero no lo había visto hasta su regreso. Era por lo menos quince años mayor que yo, y su historia, la de sus fechorías y las de sus compinches, me había sido contada para que yo la transcribiera si alguna vez tenía ocasión de hacerlo.

Tampoco conocía a su madre, y ayer, cuando supe quién era, vi en sus ojos la inmediatez de su final por ese incómodo poder que me transfirió el diablo y que consiste en presagiar la muerte.

Poco pudo disfrutar de la compañía materna. La muerte era una constante en su vida, a su alrededor campaba a sus anchas. Era testigo y protagonista; la muerte lo preservaba, cuidaba de él, no permitía que nada le ocurriera. Y no podía llorar por su madre porque aquel hombre no sabía llorar; se mezclaban sentimientos contradictorios en la ausencia. Sentirse hijo sólo es posible si aprendiste a ser niño junto a tus padres; era su caso, pero él, que jugó al escondite inglés con los afectos, nunca supo atraparlos. Vio morir a muchos amigos, mató a enemigos desconocidos que defendían otras ideas, que hablaban otras lenguas, que se habrían despedido de sus madres con el mismo abrazo que él había recibido, que iban al frente cantando un antiguo himno ruso que hablaba, como el suyo, de camisas bordadas. Tuvo que disparar a su mejor amigo para que no muriese congelado cuando ya no podía caminar por la nieve y la temperatura estaba por debajo de los treinta grados. Le disparó a la frente: era infalible apuntando a la cabeza. Después le cerró los ojos llenos de espanto, le despojó de los correajes y con la nieve hizo un pequeño túmulo. Tenía su misma edad, era de un pueblo cercano, se conocían desde hacía varios años.

No sintió dolor alguno. Confundía la rabia con el dolor, la furia con la impotencia. Y otra vez la muerte llamando a su puerta, toda la muerte en el cuerpo frío, yerto, de su madre, que no quiso quedarse a su lado ahora que parecía que iba a necesitarla.

Iba a necesitarla para que pronunciara su nombre desde la alcoba del insomnio cuando de madrugada regresara a casa, para oírla respirar en la habitación de al lado, para contarle que no entendía las páginas de la *Ilíada* que leía cada noche, para repetirle insistentemente que de nada tenía que arrepentirse, que una y mil veces habría vivido la vida que eligió vivir.

Pero la muerte es sólo silencio, todo silencio, un oscuro y denso silencio que pervive toda la eternidad; un silencio perenne que no comprendía, que se negaba a comprender. Temía al silencio, a no poder escuchar los ruidos familiares, los básicos, la puerta que se abre, las pisadas que se acercan, la lluvia reventando contra el empedrado, la torpeza del viento al enfilar las calles. La soledad era eso, la soledad es la ausencia de ruidos y él ya estaba solo. Solo y desnortado, sin saber qué rumbo seguir ni por dónde tirar, cansado de dar palos de ciego. Y su madre muerta cuando había aprendido a pronunciar su nombre, cuando estaba decidido a quererla, a deletrear el alfabeto del cariño, a llamarla mamá como nunca lo había hecho.

Toda la muerte acudía junto a él, en su pueblo, arrebatándole de golpe lo poco que tenía. Y todo aquel silencio callado. Por primera vez sintió miedo y se reunieron en su casa los cadáveres apilados, la obra letal de un sanguinario sin escrúpulos que no tenía otro oficio que no fuese matar; su habitación se fue llenando de sangre y su madre flotaba junto a todos los asesinados, al lado de los fallecidos en combate. Y la marea roja continuaba subiendo, y todo el pueblo era un mar de sangre poblado de cadáveres a la deriva, y claro que sintió miedo, un miedo terrible que anticipó el sobresalto de despertarse bañado en sudor gritando: «¡Mamá!».

Ya nunca volvió a ser el mismo. Encontraba pocas respuestas en el único de los libros que leyó. Le fascinaba su lectura, aunque fuera como si estuviese leyendo un texto en otro idioma. Fascinación por saber que hay un mundo que desconocemos y que si no acude a ti permaneces en la ignorancia que produce el desconocimiento. Y de esta manera construyó naves en su mente para que Aquiles y Ayax, Argivos y Acamante navegaran a su lado.

Fue bálsamo la *Ilíada* que lo reconcilió con el sueño y con los sueños. Elías era un malvado y la maldad exige sus tributos; no hay cabida para un asesino en tiempos de paz y su cabeza maquinaba ruindades.

Mantuvo abierta la mercería e hizo venir al único primo que tenía y que estaba empleado en un comercio de otra ciudad para que se hiciera cargo de la pequeña tienda con la promesa de heredarla. Su pariente, recién casado, se trasladó al pueblo con su mujer y vivieron los tres en la misma casa. Ella se ocupaba de las tareas domésticas mientras su marido modernizaba y daba nuevos aires comerciales a la oferta de la mercería que a los tres proveía de ingresos.

Elías exigió, desde el primer día, que la esposa de su primo permaneciese ajena a los entresijos laborales y prohibió su presencia en el comercio. Era una mujer más bien gruesa, rotunda, con un pecho prominente. A los pocos días de llegar, la llevó a su lecho y la obligó a chupar su pene. Lo hizo solícita y dulcemente, de manera tan convincente que desde entonces se convirtió en diaria rutina. Por razones que sólo la naturaleza humana conoce no podía consumar la unión carnal, y tras el sexo oral le devolvía el placer a su pareja invirtiendo el rito primero. Comía vehemente el sexo mordiendo el clítoris hasta hacerla gemir. Y como la deseaba para él solo, ideó deshacerse de su primo. Era la llamada del mal que de nuevo con feroces aldabonazos golpeaba su puerta.

> ... Ayax Telamonio, el primero, hirió a Hirtio Girtíada; Antíloco hizo perecer a Falces y a Mérmero despojándolos luego de las armas. Meriones mató a Moris e Hipotión; Teucro quitó la vida a Protoón y Perifetes; y el Atidra hirió en el ijar a Hiperinoor, pastor de hombres: el bronce atravesó los intestinos, el arma salió presurosa por la herida y la oscuridad cubrió los ojos del guerrero. Y el veloz Ayax, hijo de Oileo, mató a muchos, porque nadie le igualaba en perseguir a los guerreros aterrorizados cuando Júpiter los ponía en fuga...

El diablo, que debía de andar por los arrabales del pueblo, pues por aquellos días ardió un chamizo y el olor a azufre era inconfundible, encontró de nuevo a su acólito. Sin duda fue el diablo quien lo invitó a tejer la trama del asesinato, porque no hay criatura, humana o no, que resuelva de ese modo los problemas que él mismo crea. El oficio del diablo, y lo escribo bien claro para cuando lea estas páginas, es la maldad. No tiene otro.

Ideó la pareja una burda forma de deshacerse del eficiente encargado de la mercería, que, por cierto, había alcanzado un alto prestigio por la calidad y variedad de su oferta. Consistió en aflojar dos tablones del piso que servía de techo al cielo raso de tablilla del establecimiento. A eso de las once de la mañana, dos personas irían a charlar a la tienda con el encargado. Elías, que los acompañaría, se pondría en el mostrador frente a su primo, que quedaría bajo las tablas aflojadas, sentado en su banqueta, como de costumbre. Cuando el reloj marcara las once y diez, su mujer haría saltar dos tablones y el techo se desmoronaría sobre la cabeza del leal empleado. El techo y una cómoda de castaño que se deslizaría por simpatía.

Y así fue. Todo según el plan establecido, cronometrado y preciso. Pero quiso el destino que los dos contertulios habituales no acudieran aquella mañana a la hora de costumbre y que en la tienda no hubiera ningún cliente ni testigo, y si todo salió como estaba previsto, falleciendo en el acto el querido primo de Elías, su torpe y ambiciosa esposa se fracturó una pierna al precipitarse por el hueco por ella provocado y tuvo que ser auxiliada por vecinos y curiosos. Elías no iba a ser menos y acabó con rasguños en la cara, tan próximo como estaba al lugar donde fallecería su primo.

Quiso el azar que ocupara el puesto de comisario en aquel pueblo, donde nunca ocurría nada, un muchacho recién ascendido al empleo policial. Era su primer caso y quería resolverlo con tanta rapidez como pericia. No habían pasado veinticuatro horas y la pareja ingresaba en el calabozo por orden de un juez que tenía en su mesa pruebas de la gran chapuza, que fue conocida como «el crimen de la mercería» y que mereció la primera página de *El caso*.

Dos años estuvo en la cárcel el responsable intelectual, por decir algo, del crimen, pese a que nunca confesó su autoría y mantuvo la tesis del accidente. No así su amante, que atemorizada y presa de una crisis de ansiedad proporcionó al juez durante más de dos horas todos los datos que la policía y la justicia necesitaban.

En el juicio y posteriormente en la cárcel se tuvo muy en cuenta la condición de héroe de guerra, de ex divisionario de Elías, quien fue condenado a seis años y un día y cumplió dos años de prisión por redimir penas y mostrar una impecable conducta y un comportamiento ejemplar, «evidenciando un arrepentimiento sincero» según reflejaba el último párrafo del certificado de excarcelación.

El castigo fue desigual para los dos autores. Treinta años de condena para la esposa infiel y asesina, que cumpliría la mitad. Al salir en libertad se fue del pueblo, a su aldea natal, de donde había venido. No he vuelto a saber de ella. Dicen quienes la han visto que está irreconocible; se dedica a repartir pan por los caseríos dispersos que tanto abundan por aquí, conduciendo una pequeña furgoneta.

Lo primero que hizo Elías al salir en libertad fue ir a visitar las ruinas de la biblioteca, un territorio lleno de zarzas convertido en basurero ocasional. El olor a libros quemados que emanaba de aquellos muros era el testimonio para fijar la memoria y evitar el olvido. El solar estaba acordonado para prevenir un último accidente e impedir los juegos infantiles, y en el frontal, que estaba vallado, no se podían ver ni los restos de las paredes ni la puerta principal, que no se desmoronó. Por los laterales, caídos los muros que aguantaban el noble edificio, un vientre de vigas quemadas y cascotes dejaba entrever una pequeña selva que había crecido libre y salvaje en el recinto de lo que había sido la biblioteca, y es que, como en una metáfora de la destrucción, la naturaleza era la dueña de un espacio que había sido dispuesto para la ilustración y la cultura.

Continuó el paseo y fue a dar al muelle viejo junto al rincón de los libros perdidos; allí, unos muchachos que no le conocían, tomándolo por forastero, le contaron que desde aquel lugar fueron arrojados al mar, al acabar la guerra, varios cientos de libros dañados por un incendio provocado que redujo a cenizas la biblioteca, que todavía, añadieron los adolescentes, no ha sido reconstruida. Cuando al día siguiente del incendio fueron a ver cómo habían quedado los libros y si entre ellos los había indemnes, no encontraron ninguno: «Se fueron con la pleamar, señor, como barcos cargados de palabras que navegan buscando otros puertos. En éste no los quisimos y la flota libresca emprendió la singladura; siempre hay aquí gente que espera por si algún día regresan y recalan de nuevo en este puerto y para siempre. Ésta es la historia de los libros perdidos, el misterio que nadie sabe explicar».

Los escuchó atento. Parecía que nunca oyera tal historia y al despedirse aseguró a sus interlocutores que los libros volverían. «Si no lo hacen», dijo, «por los caminos de la mar, lo harán por las veredas de la tierra para ocupar el sitio que dejaron en la biblioteca; vendrán a reclamar su lugar en las estanterías; volverán, seguro que sí.»

En su casa buscó un párrafo de la *Ilíada*, el libro donde estaba escrita su vida y la de todos los mortales, un texto que buscaba el renacer de la muerte, en la interpretación libre que comenzó a entender en la celda donde tenía el relato de Homero por único compañero, por compañero fiel. Su mejor camarada.

Recordó a los muchachos del muelle viejo, los recordó cuando esa misma tarde montaban guardia y narraban a los viajeros que por allí pasaban lo acaecido en aquel lugar. Y quiso ser Aquiles y que los muchachos fueran un Patroclo colectivo que saludara gozoso su primer día de libertad.

> ... Los heraldos dieron aguamanos a los caudillos, y enseguida los mancebos llenando las cráteras distribuyeron el vino a todos los presentes después de haber ofrecido en copas las primicias. Luego que lo libaron y cada cual bebió cuanto quiso, salieron de la tienda de Agamenón...

Cerró por dentro y recorrió todas las habitaciones de la casa haciendo ruido en todas ellas, bien con los pies, bien con las manos golpeando con los nudillos puertas y tabiques, como si estuviera llamando para entrar en las distintas estancias y salones, alcobas y habitaciones, que si muchas no tenía, sí las suficientes para un solo inquilino. Se acostó sin cenar y se prometió como tarea urgente ir a visitar, nada más se levantara, a Manuela, y rogarle que creyera en su inocencia.

Poco importaban los muertos desconocidos, los asesinados contra una tapia, los que engrosaron la larga lista combatiendo, los anónimos y los que un día fueron sus vecinos. El crimen era un delito social, un asesinato tan alevoso como los otros en los que participó, pero éste tuvo un castigo: fue condenado con pena de prisión y después de redimir la pena seguía siendo acusado por quienes lo miraban al pasar, por aquellos que lo evitaban al pasear, por todas aquellas personas que desde un silencio clamoroso le gritaban calladas: «¡Asesino!».

Y él los escuchaba e intentaba defenderse; no consideraba haber sido responsable de la muerte de su primo, sólo había diseñado un plan para eliminarlo y estaba todo calculado a no ser por el azar, que se puso en su contra; se alió contra él porque el destino es caprichoso.

Su primo no valía el castigo infligido: dos años de cárcel son toda una vida, la pérdida de la libertad es una humillación para todos los hombres y pensaba que vale más morir que no ser libre. La cárcel es una rutina llena de rutinas, es ver la luz del sol en un recuadro de cielo enmarcado; es de noche permanentemente y el tiempo pasa por la celda perezoso, arrastrándose sin estar dispuesto a hacerte compañía. Y el insoportable ruido obsesivo de los cerrojos metálicos de las puertas, contestándose unos a otros en una contraseña que sólo conocían los guardianes; y las comidas bordeando el hambre, caldos viudos, huérfanos de carne, el pescado a punto de pudrirse, la fruta que no tenía cabida en los puestos del mercado, y la soledad.

Era para enloquecer. La soledad se clavaba en el pecho y ahí estaba; espesa, sólida, la podías tocar e iba creciendo como un bulto. La soledad estaba viva, la soledad era el frío y hablaba con ella por si en una respuesta estuviera el antídoto; pero nada, la soledad es muda y te mira con unos ojos de hielo que se fijan en tu mirada y te quedas acompañando a tu propia sombra, acaso lo más humano que habita en una celda.

«Dos años por matar a un cornudo, a un cabrón que no le importaba que su mujer me la chupara, aquella puta delatora que se arrepintió incluso antes del accidente; eso fue: un accidente mortal.

»La obligué a que se rasurase el sexo y juntos nos bañamos muy temprano. Su marido abrió el comercio y nosotros nos metimos en el agua caliente de la tina de baño. Sus enormes tetas sobresalían de entre la espuma igual que dos pequeñas islas que emergieran en aquel reducido mar. En un par de horas nos libraríamos de él. Coser y cantar. Un accidente, tendría que ser un accidente, fue un accidente.

»La humillación de los grilletes, salir esposado y toda la calle llena de gente acusándome de palabra, a mí, héroe condecorado por el glorioso ejército que combatió al comunismo en Rusia, inculpándome en mi propia casa. Yo no maté a mi primo, fue ella, su mujer, esa puta que no lo quería, mi puta de cada día que en todo momento consintió en su muerte, de qué me acusa, cayó encima de él y el techo golpeó en su cabeza. Murió de un solo golpe, una muerte limpia, la muerte de los conejos cuando les rompen el cuello con un estacazo certero.

»Soy inocente, querida amiga, respetada señora, adorada Manuela, tengo limpia mi conciencia, y créame, yo no he sido el asesino de mi primo. Me invitará a tomar café en la mesa camilla del mirador y todos nos verán desde la plaza, se pararán en la calle para vernos y mi memoria va a quedar rehabilitada. Manuela es mi aval y mi indulto definitivo, le contaré lo mucho que me ha ayudado pensar en ella durante mi cautiverio. Y me creerá, seguro que va a creerme. Mañana me presento en su casa, iré a verla para manifestarle mi admiración y decirle la verdad. Manuela, soy inocente, no soy culpable de la muerte de mi primo, créeme.»

Cuando escampa, después de la lluvia que con tanta frecuencia visita el pueblo, la luz del amanecer es líquida, de una liquidez transparente que puede tocarse; es una humedad luminosa que se cuelga de los jirones perdidos de la brisa matinal. Por momentos, cuando el sol atraviesa las cortinas de luz que van adornando la mañana, un color de tonos dorados pone destellos amarillos a las fachadas de los edificios que dan a la plaza.

En el mirador, en la galería principal, tiene Manuela su mesa camilla. Por allí pasan raudas las mañanas, desfila el cortejo de las tardes. Manuela, la viuda de Alonso, desayuna ceremoniosa sentada en la pequeña mesa del mirador. El reloj de la torre deja caer indolente nueve campanadas, la mañana es soleada, tibiamente, moderadamente soleada.

Desde la calle puede verse a Manuela sentada en su rincón; desde el rincón en donde desayuna Manuela, puede verse la calle.

Elías se puso el traje oscuro y la corbata; se vistió con el uniforme de portero de finca, de conserje, con el terno que vestía en su último empleo en la capital. Odiaba aquel traje; la corbata le molestaba y le resultaba la más ridícula de las prendas, la más prescindible. Así vestido se sentía incómodo, sólo en el funeral de su madre, en el entierro de su madre se vistió de manera semejante, pero hoy iba a visitar a Manuela y pensaba que aquel traje gris marengo era la forma más adecuada para ofrecer un buen aspecto después de dos largos e infinitos años en prisión por el más estúpido de los crímenes.

Manuela estaba avejentada; desde la muerte de Alonso vestía únicamente de negro, el pelo recogido le daba un aspecto de mayor edad y en su cuerpo y en sus modos el tiempo se había detenido. Conservaba ese especial brillo que se posó en sus ojos, azabache tallado por un orfebre seguía siendo su mirada. Manuela era aquella presencia imaginada en la celda antes de que llegara el sueño, era el postrer recuerdo en las duermevelas de la prisión, cuando presentía esta cita que ahora se estaba produciendo. Elías le rendía pleitesía a la mujer, a la viuda de su jefe político, de su camarada, y tendría que creer en su inocencia, ella y nadie más lo exculparía de un homicidio que nunca cometió.

El saludo fue frío y distante; Elías ni fue invitado ni avisó de su llegada. Se sentaron juntos en la mesa del mirador, desde la plaza los veían quienes quisieran mirarlos; le sirvió un café con leche e hizo traer bollos a la fiel sirvienta. Hablaron de Alonso, se fueron a otros tiempos y a una juventud que ya se había perdido en la memoria, de lo mucho que cambió el pueblo, de lo rápido que estaban mudándose las costumbres en el país; conversaron acerca de los valores tradicionales que estaban quebrándose y charlaron del viaje de dos años que tuvo a Elías fuera del mundo.

—Le vengo a decir, te digo, Manuela, que yo no soy culpable de la muerte de mi primo. Fui yo quien los hizo venir al pueblo, quien los acogió en casa, quien los puso al frente del negocio, y él era bueno, un pobre hombre, un infeliz mortificado por los continuos desprecios de su mujer. Ella no le quería, y fue quien ideó y ejecutó su muerte.

»Fue ella quien fingió un accidente, fue ella quien me acusó ante el juez, quien me culpó de todo, la que hizo que me condenaran. Me importa mucho que me creas, he venido aquí por eso; ninguna persona me importa tanto en el mundo como tú, Manuela, y pongo la mano en el corazón, te suplico que me creas.

Manuela se interesó por la vida en la cárcel, por cómo disponen de su tiempo los reclusos, por el régimen de las comidas, por la economía de la soledad y del frío, por cómo son las noches en una celda, pero no le dijo que creyera en su inocencia. Elías contestaba a todos los requerimientos de Manuela, pero nunca, en aquellas dos horas largas de conversación, escuchó a la viuda de su amigo que creyera lo que le decía.

Sonaban doce campanadas al unísono en el reloj de pared del salón de la casa y en el viejo reloj de la torre cuando se despidieron en la puerta. Ella apretó su mano, que tardó en soltarse de la de Elías.

En las escaleras desanudó su corbata y la guardó en un bolsillo; andando deprisa se dirigió al muelle viejo y a la sima de los libros perdidos. Extrañamente no había nadie, estaba él solo. Buscó la corbata en el bolsillo de la chaqueta

y la arrojó furioso a la mar, y la marea se la llevó mar adentro, navegando el luto y la ira contenida. Estuvo un buen
rato sentado, mirando la superficie del agua y escrutando
el horizonte, dejando que también sus pensamientos se hicieran a la mar como una flota de fortuna. Y fue pasando
la mañana hasta que al mediodía decidió poner orden al
desorden de su vida.

Al llegar a su casa abrió el libro, su libro, el que Homero
escribió para él, y leyó en voz alta, para oír sus propias palabras rompiendo el silencio.

> ¡Héctor! ¿Por qué te abstienes de combatir? No debes
> hacerlo. Ojalá te superara tanto en bravura cuanto te soy
> inferior: entonces te sería funesto el retirarte de la batalla.
> Mas ea, guía los corceles de duros cascos hacia Patroclo,
> por si puedes matarlo y Apolo te da gloria.

Y de nuevo el mal, la maldad que nunca dejó de acompañarle, estaba deambulando por su cabeza. El fragmento
leído era la señal. Manuela no lo indultó, Manuela supo
que no era inocente, y pensó en aquella mujer que tanto
había deseado, su única luz en la oscuridad de la prisión,
en la mujer que por la mañana lo despreció.

Por allí andaba el diablo, estoy seguro, confundiendo el
cerebro de Elías con las señales de la mar, tentando con sangre, con muerte, como nunca dejara de hacerlo. Por allí
andaba el diablo con su muestrario de telas de Tamburini, con las novedades del invierno en cortes de traje para
caballero.

No suponía Elías la huella que la cárcel le había dejado.
El tiempo que pasó en prisión maquinó mil alternativas
para cuando recuperara la libertad, que se valora cuando
no se tiene y que sirve al hombre para moldear su felici

dad. En prisión se puede ser libre de mente, se puede entrar o salir de los calabozos del pensamiento, según dicte el propio antojo, pero la libertad es más que una idea o una teoría, y en las prisiones está retenida la libertad.

Elías tenía herida su dignidad; en el pueblo se sentía permanentemente observado, nadie se paraba a charlar un rato con él en la calle y buscaba la conversación en los corros de mozalbetes que por costumbre se arremolinaban en la plaza. Muchos ya conocían su historia, su valor patriótico y las medallas concedidas por méritos de los que nadie dudaba, y todos sin excepción sabían que era un asesino convicto, recién excarcelado. Manuela no volvió a recibirlo y él, poco a poco, la fue olvidando y se olvidó, asimismo, de urdir planes de muerte para lavar aquella afrenta, aquel desprecio que nunca pensó recibir de la esposa viuda de su camarada.

> ... ¿Por qué lloras, Patroclo, como una niña que va con su madre y, deseando que la tome en brazos, le tira del vestido, la detiene a pesar de que lleva prisa y la mira con ojos llorosos para que la levante del suelo? Como ella, oh Patroclo, derramas tiernas lágrimas... habla, no me ocultes lo que piensas, para que todos lo sepamos.

De semejante manera da comienzo el canto XVI de la *Ilíada*, espejo deformante, no sé si cóncavo o convexo, donde se reflejaba Elías, donde Elías se refugiaba buscando un inútil consuelo. Los consejos y enseñanzas del libro de Homero se fueron convirtiendo en código de conducta, pero no tenía con quién hablar, a quién contarle el caudal de sus sufrimientos, y decidió hablarse a sí mismo y escribir lo que no comprendía para intentar descifrar sus sentimientos en una posterior lectura.

La soledad es el más cruel de los castigos, la peor de las condenas cuando no la eliges, y Elías nunca habría elegido la soledad: la padecía. Una falta de aire vaciaba su pecho al finalizar la tarde, angustia como grito callado y desesperado, se sentía víctima del peor de los designios con que los dioses esclavizan al hombre, la pena capital que no es la de muerte, la pena capital estaba siendo la de vida y tenía que pagar los delitos que nunca asumiría, viviendo, viviendo para recordarlos desde la amargura.

Las noches eran una pesadilla continuada. Acudían junto a su lecho todos los fantasmas, un coro de cadáveres asesinados por el falangista que contaban uno a uno, y después al unísono, su personal historia. Decían los muertos asesinados que después del tiro en la frente, de las balas asaeteando el pecho, se fueron a vivir sus propias muertes, un conjunto de penalidades incomprensibles para las personas, y él tenía que escucharlos noche tras noche, era el culpable de sus muertes y ellos habían vuelto, no murieron del todo, se fueron a otra vida, pues existen numerosas vidas en el reino poblado de las sombras.

Al despertar recuperaba al padre que nunca tuvo, imaginaba su voz y sentía cómo tomaba su mano entre las suyas, sentado en el borde de la cama.

Aún está abierta al público la antigua mercería Dolores. Ahora luce el rótulo de Novedades, y Elías Canaval continúa siendo su propietario. Al frente del negocio están dos hermanas, ambas a punto de jubilarse. Yo creo que cuando ellas no estén, Elías cerrará el establecimiento. Allí puedes encontrar los más insólitos botones, los ovillos de lana más inverosímiles, las bobinas de hilo de los colores más estrafalarios, las imposibles puntillas que ya nadie cose. Es la mercería mejor surtida del pueblo, la más antigua. Sobrevivió a las nuevas tiendas que renovaban su mercancía cada temporada, generó los suficientes recursos para que dos familias vivieran de ella y es todo un símbolo entre los comercios de la calle de Arriba.

Elías se sienta cuando viene el buen tiempo en un banco justo a la entrada de la tienda. Los días en que hace malo, que como saben son mayoría, se le puede ver en una silla al pie de la caja registradora.

Algunas tardes camina hasta el muelle viejo, hasta la sima de los libros perdidos; él sabe que van a regresar y quiere estar cerca para comprobarlo. Charla con los muchachos que habitualmente forman tertulia en ese paraje, y si algún forastero se acerca a mirar le relata la historia de los libros que se quemaron la víspera del Carmen del año en que comenzó la guerra civil. Y lo cuenta en tercera persona, mismo pareciera que la está refiriendo como a él se la contaron.

Regresa a su casa por la plaza e invariablemente mira para la galería del domicilio de Manuela; es como un saludo, como una ceremonia. Continúa viéndola sentada junto al velador, vestida de negro y el pelo recogido en un moño, pero hace algunos años que ha fallecido. Nunca quiso enterarse, aunque deseó más que nadie su muerte.

Una fría mañana del invierno, ya va para cerca de dos décadas, Manuela apareció muerta en su cama; le falló el corazón. Acababa de cumplir sesenta años. Está enterrada en el sepulcro donde ya descansaban su esposo y su cuñado. Una línea debajo del poema que señala el óbito de don Quijote da cuenta de que allí yace Manuela Trasalba y Pardo de Vivero. Nadie lleva flores a su tumba; ayer he dejado en su memoria, como recuerdo, un ramo de blancas margaritas.

3

Durante el verano suelo pasar al menos tres semanas en el pueblo, es el mejor ejercicio terapéutico que he encontrado. Aunque a lo largo del año lo frecuento en varias ocasiones, es en el mes de agosto cuando me pongo al día y buceo entre las aguas de las historias antiguas que le había escuchado a mi padre y que años más tarde fui adornando con testimonios ajenos.

Yo nací en el pueblo que amo, y no es otro más que éste desde donde escribo. He venido para compartir las celebraciones que tendrán lugar la víspera del Carmen. Julio este año será mi agosto, y yo mismo voy a ser el relator, el cronista de los actos que van a conmemorar los acontecimientos acaecidos hace muchos años.

Como era de prever hace mucho calor, un calor asfixiante arrastrado por este viento del sur que siempre hace estación por estas fechas. Es un viento peculiar que produce un olor ligeramente impregnado de azufre y de limón, acaso de vainilla.

Seguro que el diablo ya habrá llegado; todavía no le he visto. No ha venido a buscarme. Desde mi accidente hicimos buenas migas y un pacto de no ingerencia en nuestros asuntos. Yo no le pido nada y él nada me pide. Conozco su filiación y sé a dónde enviarle la correspondencia; suele hablarme por teléfono en largas conversaciones con fondo teológico o existencial. El diablo está obsesionado con el principio de la muerte, que él antepone al principio de la vida. No puede entender la finitud frente a la inmortalidad y se obstina en reiterarme la teoría católica de la resurrección de la carne. Lleva muy mal el concepto de eternidad. Yo le digo, para molestarle, que es un pobre diablo, que es un beato más papista que el Papa de Roma y que como siga así lo van a llamar a capítulo y a abrir un expediente disciplinario sancionador en su empresa, que es la que provoca todo el dolor que sufre el hombre, la empresa que reparte por el mundo la muerte y la enfermedad, las guerras y el sufrimiento, la que siembra el hambre y la miseria, la que genera los terremotos y las catástrofes que hieren a la naturaleza, la que certifica la envidia y la usura, la que propaga el odio y la mentira que confunde a los hombres.

Su nombre durante la estancia en la tierra es Luciano Bello. Así se hace llamar en esta parte del mundo. Muy pocos lo conocen. Fue el nombre que puso como remitente cuando llegó a mi casa de verano un libro enviado por él.

Se trataba de *Satanás. Biografía del diablo,* publicado en Madrid en el año 1947 por la editorial Gama. Libros y Revistas, y escrito por Vicente Risco, un autor gallego de quien había leído una excelente novela escrita en el idioma de Galicia: *O porco de pé.*

Me enviaba asimismo unas cuartillas críticas con la obra de Papini *El diablo,* metiéndose por vericuetos teológicos de profunda heterodoxia que eran fruto de conversaciones que mantenía con quienes consideraba intelectuales europeos de nuestro tiempo. El gran impostor mentía, pues aunque fuera cierto, como él sostenía, que dominaba todas las lenguas de la Tierra, difícil tenía el acceso, supongo yo, a los pensadores europeos y americanos en años de gran efervescencia del debate intelectual.

No creo que le fuera fácil al viajante de telas, de cortes de traje para caballeros, debatir sus tesis peregrinas con los maestros del pensamiento.

Otra cosa era yo; al fin y al cabo soy un periodista educado en la curiosidad universal, seducido por Luciano Bello cuando aún no conocía su nombre y, siendo un mozalbete, le había visto jugar al billar de fantasía en muchas de las sesiones de exhibición que cada jueves tenían lugar en el salón grande del Casino.

Por ese motivo seguí de cerca sus apariciones, sus ausencias. Quiso afiliarme a su bando sin conseguirlo, pues si yo no creo mucho en Dios menos voy a creer en el diablo, y como no pudo atraerme a sus redes ni cambiar un paraíso terrenal por mi alma, se hizo mi amigo.

No sé hasta qué punto su amistad fue sincera; a primera vista no parecía interesada y resultaba incluso cordial. El maligno, Luciano Bello, era más humano de lo que aparentaba. Fue creado para difundir y propagar el mal, y aunque dudaba con más frecuencia de la deseada, era su diabólica condición la que le ordenaba y regía su comportamiento.

Los poderes de Luciano eran difíciles de catalogar, pues muchos poseía. Algunos recordaban a los cómicos de feria, hipnotizadores y mentalistas, de los que había formada opinión, cuando venían a demostrar sus saberes a los pabellones de la feria de la Candelaria o a las patronales de agosto y a los salones del Casino, del Náutico o del Recreativo, que eran acólitos y miembros del séquito del diablo Luciano; por eso se exhibían tan a menudo por el pueblo.

Una noche clara, era bien entrada la primavera, el diablo realizó un alarde en mi presencia que consistía en volar alto. Vi cómo se recortaba su silueta contra la luna, que aquella noche de mayo estaba llena. De sus artes adivinatorias puedo dar buena cuenta después de que me transfiriera la capacidad para saber cuándo la muerte se acerca a personas que conozco, por muy sanas que a simple vista puedan parecer.

Se muta a su antojo en mujer o en anciano, en niño de pecho o en animal; la serpiente es su transformación preferida. Cuando se mete en otro cuerpo es siempre con el malvado fin de provocar una desgracia; yo nunca le he visto convertirse en persona distinta, o no he sabido reconocerle.

Tiene prohibido cultivar el afecto de la amistad; yo fui su única excepción en los tres milenios de vida. Tampoco puede enamorarse, ni llorar, ni mostrarse tierno, ni tener sentimientos aunque sean de alegría.

A Luciano le queda poco tiempo de estancia en la Tierra. Él mismo, en una extraña confidencia, me confesó que se sentía cansado de interpretar a los hombres, de comprar sus voluntades hipotecando el alma. Me dijo que el hombre ya está preparado para ejercitar el mal, para extenderlo por el universo con el crimen y la guerra, y por tanto su tarea está próxima a concluir.

Se sentía superado, desbordado por la realidad que estaba viviendo, y le costaba gran esfuerzo penetrar, para entenderla, en el alma de las cosas.

Me ponía muy nervioso mirarle a los ojos; será porque es común característica de los diablos, según leí en mi convalecencia, no tener párpados ni pestañas y mantener los ojos inmóviles mientras están hablando.

Mi amigo se los pintaba como los actores antiguos, sin que se dieran cuenta las personas que lo observaban.

Frente a la coraza de los sentimientos imposibles se aficionó en Rusia al placer de la lectura, placer que guardaba como un tesoro secreto. Dicen que llegó a ser un erudito, y conocía profundamente los libros enviados a los cinco causantes del incendio de la biblioteca.

Pudo salvar de la pira muchos de los libros que ardieron; sin embargo, no lo hizo, no evitó su quema para que desde aquel instante el mal soplara con el viento del sur y de por vida los libros acusaran a los cinco asesinos que quisieron silenciar la razón y la palabra. Vano intento; no lo lograron ni con la ayuda solícita del diablo, de mi amigo el diablo, ese gran embaucador que me llevó a conocer su territorio, la diabólica nación donde habitan los descendientes de Luzbel, el ángel más bello y más querido del Creador que se rebeló contra Dios en una larga guerra civil que ennegreció el Universo al poco tiempo de ser creado. Mil años después de que el dolor y la muerte camparan a su antojo por la tierra y Eva y Adán salieran del Paraíso.

Luzbel inventó la traición y fue desterrado. Al exilio le acompañaron unas pocas legiones de ángeles y arcángeles, el estado mayor derrotado, y en los campamentos infernales nacieron la Bestia, Satanás y Belcebú, Bafomet y una miríada de demonios mayores y menores de nombre impronunciable.

Luciano Bello era descendiente directo de Luzbel y pertenecía a una de las castas más nobles del averno. Se jactaba de haber acompañado a Caronte en la barca, de haber sido guiado por la laguna Estigia como un remero invisible, y al contármelo recitaba en italiano el pasaje de Dante.

Cuando presumía, repetía lo que para él había sido el capítulo más importante de su vida, que no era otro que robar a Judas, colgado de la higuera después de vender a Cristo, las treinta monedas de plata de la transacción, del precio de la traición y de la deuda del arrepentimiento. Señalaba que las había repartido entre treinta mercaderes que en ese momento pusieron en práctica la usura; aseguraba —y eso ya lo había leído yo siendo mozo— que todo el dinero que hay en los países y naciones de la tierra son los intereses de las treinta monedas originales. Se sentía muy orgulloso y añadía que no hay peor maldad que la que provoca el dinero, pues está en el secreto de los crímenes y de la corrupción humana. Es el mejor de los aliados y la peor de las armas.

Recuerdo con nostalgia a Luciano; no sé cuándo va a volver y cuándo regresará definitivamente al lugar de donde procede.

Las nieblas del invierno se refugian en el valle, de allí no hay quien las mueva hasta que marzo se doble en dos mitades. Me llamaron mis tías para resolver un problema menor en la notaría del pueblo y dispuse de un par de días libres para solucionarlo. Cuatro horas de automóvil era la distancia que separaba el pueblo de la ciudad en donde vivía. Salí temprano, pues quería llegar a comer con la familia. Cuando bajaba por las curvas de Redoada la niebla era tan espesa que parecía sólida; al girar el volante me pareció ver una figura humana: creí estar viendo al señor diablo, que por entonces todavía no era el amigo que luego sería. Se me fue el control del automóvil y en la niebla quedó un reguero de sangre.

De la mano del diablo comencé a viajar volando por túneles infinitos que nunca se acababan, túneles en espiral, espirales de nubes, nubes tenues y opacas, opacidad que se adensaba, densidad que resultaba mareante, mareos que eran la antesala de la muerte, muerte que me estaba resultando dulce, y el diablo, callado, comenzó a hablar y me contó cómo iba a ser el viaje a los infiernos del que ningún mortal regresa excepto yo, que era su invitado, que acudí solícito a la llamada, a la trampa de un asunto inexistente, de un problema irreal que mis tías no tenían.

—He sido yo quien te ha llamado, quiero que conozcas mi pueblo como yo conozco el tuyo. Es un privilegio exclusivo; no temas, pues junto a mí no te dañará la muerte. Conmigo, amigo, a mi lado, eres inmortal.

Yo no podía hablar. Las palabras se quedaban prendidas en el paladar, sentía sed y la boca llena de algodones; apenas abría los ojos para mirar el paisaje de nubes que se iban oscureciendo según avanzaba el viaje y escuchaba decir mi nombre: Román Perlas, Román Perlas, Román Perlas, y no podía responder, y aquel olor que me iba adormeciendo, aquel olor a cloroformo, Román Perlas, y la paz serena que se apoderaba de todos mis músculos, de todo mi cuerpo, y no podía moverme.

—No temas, pronto llegaremos y podrás ver dónde nací, el lugar donde me crié.

Al fondo del enésimo pasadizo se vislumbraba la salida del túnel; una luz cegadora se iba descorriendo como una cortina y dejaba ver un paisaje desolado, el suelo era de ceniza y los árboles sin hojas estaban tronchados por la mitad, un lago de aguas negras limitaba todo mi horizonte visual.

—Después de cruzar este campo de batalla, llegaremos. Ya estamos cerca.

Se combinaban olores que no identificaba salvo un aroma preponderante a azufre, irrespirable, que emanaba de algún lugar, y por fin el pueblo, un pueblo idéntico al mío, una réplica perfecta. No vi por ninguna parte las calderas de aceite hirviendo del Infierno, no escuché llantos ni crujir de dientes. El día estaba soleado y por las calles no caminaba nadie; la plaza estaba llena de gente, la mayoría sin rostro; reconocí a alguna persona, la primera en la que reparé fue en Alonso. Su aspecto era el mismo que antes de enfermar: deambulaba triste, enjuto y ojeroso con su triste figura de caballero andante por entre los que llenaban la plaza; no me reconoció porque no podía verme. Levanté la cabeza para mirar la galería vacía, nadie se sentaba en el velador. La estatua central era sólo un pedestal del que faltaba la escultura del prócer. No se divisaban ni la torre del reloj ni las espadañas de las iglesias porque en el Infierno no hay iglesias y el único culto que se rinde es al diablo.

—Bienvenido a mi pueblo. Pronto volverás al tuyo, al mundo real, que no vayas a pensar que no es menos real que éste. Quería que me acompañaras; perdona si he sido brusco, pero no temas, que nada te va a suceder.

Instintivamente dirigí mis pasos hacia donde imaginaba que debía de estar el edificio derruido de la biblioteca quemada. En el Infierno no existen distancias y la levedad del cuerpo es tal que semeja estar volando. Me sorprendió lo que estaba viendo: el edificio intacto. La noble casona de piedra y madera que albergaba en su interior un tesoro de varios millares de libros, estaba indemne.

Empujé la puerta y entré; subí a la sala principal: los pupitres de lectura, las mesas corridas con las pequeñas tulipas de luz encendidas y, en las estanterías, los libros perfectamente ordenados. Busqué el *Quijote* y la *Ilíada*, pero no estaban disponibles; en su lugar encontré dos fichas que daban cuenta de que los dos tomos habían sido prestados. A continuación estaba escrito el nombre del lector y una fecha; pude leer las identidades: Alonso de Sotomayor y Elías..., les conocía a los dos, y los libros que recibieron en sus casas eran directamente la réplica de los que la biblioteca tiene en el Infierno. Luciano Bello volvió a mentirme asegurando que él no tuvo arte ni parte en los envíos.

—Como ves, así era la biblioteca antes de que la quemaran. Está tal cual y tú eres la primera persona que la visita desde el quince de julio del treinta y seis, y está igual porque, aunque resulte paradójico, en el Infierno no hay incendios.

Al ver la sorpresa reflejada en mi cara, añadió:

—Las leyendas las inventan los hombres, las más de las veces sin base; en ocasiones son historias agradables de escuchar, otras sirven para amedrentar a los humanos, como la que mantiene que este lugar es una gigantesca pira llena de calderas de aceite hirviendo donde hombres y mujeres son castigados por toda la eternidad para pagar la deuda impagable de los pecados cometidos en vida. Como ves, no es así; el único fuego es el que abrasa las conciencias hasta el arrepentimiento. Las personas, al morir, pasan algunos años en el destierro infernal, son víctimas del dolor que ellos mismos provocaron hasta que, con el tiempo, se disuelven en la nada absoluta y dejan de sufrir porque el ser misericordioso se apiada de sus almas.

Continuaba caminando por un pueblo idéntico al mío, vacío de paseantes; al volver a cruzar la plaza pude encontrarme con gente conocida, muchos fallecieron cuando todavía era un niño, y de mi vida adulta pude encontrarme con media docena de antiguos vecinos y vecinas que, como ya señalé, no podían verme.

—El mapa del mundo está duplicado y en esta dimensión, en el Infierno, todas las ciudades tienen su réplica. Los mismos paisajes que ves en la tierra se repiten aquí, los habitantes de las casas de tu pueblo vuelven a vivir otra vida después de la muerte en este lugar.

—¿Y el Cielo? —pregunté.

—El Cielo y el Infierno son un mismo no lugar; una ráfaga de viento separa a los residentes, la misma ráfaga que distingue la brisa según su procedencia, ya venga el viento del norte o sea del sur. El Cielo también está aquí; se diferencia del Infierno en las historias personales de los pocos privilegiados que han alcanzado el estadio más alto de beatitud y pureza, son espíritus puros. Por cada millón de residentes en el Infierno sólo existe una persona en el Cielo. A ese edén, como lo llamáis vosotros, suelen llegar los más pobres y menesterosos de la tierra, los humildes y los generosos, los que han dado su vida por los demás, los pocos que han muerto por defender un ideal sublime.

—¿Y los niños?, ¿adónde van los niños que mueren durante la infancia?

Como esperaba esta pregunta, el diablo, poniendo uno de sus gestos característicos y elevando desmesuradamente las cejas, me contestó solemne:

—Dios, vuestro Dios, no entiende el sufrimiento de los inocentes y no acepta la muerte infantil. Cada niño que muere, cada niño que sufre es un triunfo nuestro y un fracaso de Dios; ahí, en ese terreno, libramos desde nuestra expulsión la más grande de las batallas. Al morir, los más pequeños se quedan a vivir en el recuerdo de sus padres, comparten la memoria de quienes les han querido, crecen en el afecto de los suyos hasta perderse en el olvido. En el Cielo y en el Infierno no hay un sitio adecuado para los niños.

El paseo se hizo ceremonioso, y al aproximarnos al muelle viejo quise visitar la sima de los libros perdidos. Me extrañó no ver barcos, ni traíñas, ni botes ni falúas cuando incliné la cabeza para mirar si seguían los volúmenes allí donde los arrojaron, y pude confirmar que, efectivamente, no se habían movido: pilas de ellos alfombraban el lecho marino y casi se tocaban con la mano.

—La mar es un decorado, una ilusión óptica; tampoco en el Infierno hay océanos, ni mares, ni lagos, ni ríos. El Infierno es una gigantesca maqueta con todos los trucos visuales que la imaginación despliega. Los libros están quietos, inmóviles, porque no tienen adónde ir, no pueden navegar, no hay corrientes que los arrastren. Los que se perdieron en tu pueblo son nuestros libros encontrados. Permanecen aquí temporalmente y pronto serán restituidos al lugar que les corresponde.

Miré fijamente a la mar, necesitaba mirarla, tenerla cerca aunque fuera de cartón piedra, aunque el rumor de las olas fuera simulado, aunque se dejara mecer con la fragilidad de un espejo sin azogue.

Metí las manos en el agua y sentí que mojaba mi cuerpo, y desperté aturdido en una cama de hospital mientras una enfermera acercaba a mis labios una gasa humedecida.

Pude distinguir el rostro de mi mujer, y sentí que me cogían la mano. Era mi hijo.

Setenta y dos horas en coma eran la consecuencia del accidente de automóvil. El coche estaba intacto, fuera de la carretera, entre dos árboles que impidieron que se despeñara por el precipicio que discurre en paralelo a las últimas curvas. Quienes me encontraron creyeron que estaba muerto, que me había partido el cuello. La cara tibia sobre el volante y un pulso débil evidenciaron que todavía vivía; ellos mismos me trasladaron al hospital. Entré en coma y así me mantuve durante los tres días en los que visité el Infierno.

Permanecí una semana internado, recuperándome. Me visitó Luciano el día en que me dieron el alta, entró sonriente en la habitación cuando no me acompañaba nadie;

mi mujer, que casi no se movió de mi lado, acababa de bajar a la cafetería, y entonces entró él. Dejó en la mesilla, junto a la lámpara, un manojo de rosas de varios colores entre las que sobresalía una negra, impactante, que el diablo separó del resto, y cortando el tallo se la colocó en el ojal de la solapa de la chaqueta, que como de costumbre era de tejido príncipe de Gales.

—Sé que estás bien, en realidad nunca has dejado de estarlo, y sabes que el único modo de que pudieras realizar este viaje tenía que ser de esta manera o no podrías haberlo efectuado. No te pido perdón por no avisarte previamente. Hubo que mover cielos y tierra, y nunca mejor dicho, para conseguir el permiso de tu visita. Pocas personas han vuelto del Infierno para contarlo y espero que tú no lo cuentes; además, nadie te creerá, pensarán que a consecuencia del accidente te has vuelto loco.

Contesté indignado que no tenía interés alguno en ese viaje, que nada se me había perdido allí y que no tenía previsto contar a nadie todo lo que había visto. Prefería pensar que fue un sueño, un fuerte golpe tras un accidente que me provocó un coma cerebral. Eso era un mal sueño. La salida de una curva en una mañana de niebla intensa, de niebla espesa, sólida.

—Llevo muchos siglos viniendo a la Tierra, donde paso largas estancias que mis superiores miden por vidas ajenas. Estaré en este mundo hasta que tú fallezcas y volveré a acompañarte en tu último viaje, después podré descansar y ojalá sea para siempre. En estos cientos de años ninguna persona tuvo el privilegio de viajar conmigo en vida. Has sido tú el primero y el último, y la razón está en que me has abierto tu corazón sin pedirme nada a cambio, eres un privilegiado y te quedan por vivir muchos años hasta que llegue la cita que de nuevo nos convoque a los dos.

Insistí argumentando que así no se hacen las cosas, que nunca le manifesté el deseo de conocer el Infierno o el Cielo, que mi vida era mía y no quería dejarla en manos que no fueran las de la Providencia, que tenía gracia que después de todo lo que me estaba sucediendo tuviera que estar agradecido.

—Créeme que sí, tienes que estarme agradecido y no preguntes. La Providencia somos el conjunto de seres humanos, celestiales, divinos y diabólicos que velamos por ti; entre todos dibujamos los caminos que debes recorrer y tú, sin saberlo, cuando llegas a la encrucijada eliges por donde seguir. Adiós, Román, hasta la vista.

Luciano Bello se marchó. Tardaría algunos meses en volver a verle, pero no dejó de escribirme dándome cuenta de las ciudades que visitaba, de noticias que recortaba de diarios y revistas. Era una correspondencia inusual que me placía en grado sumo.

Estuviera cerca o lejos, en una ciudad de este país o en extranjera nación, su dirección era invariablemente la misma: Luciano Bello, Gran Hotel del Comercio.

Los médicos recomendaron un largo período de convalecencia que duró hasta pasada la Semana Santa. El golpe no dejó secuelas aparentes en mi cerebro y la vida se fue normalizando.

Leí toda la bibliografía que pude conseguir sobre Satanás, que es mayor de lo que yo pensaba: Michelet, Koning, Russell, Summers, Cavendish, Bacin y otros muchos más que escribieron sobre Satán y su corte. Me convertí en un especialista en demonología, lo que era del agrado de Luciano, por quien ya sentía un gran afecto. Me confesó que en su muy larga vida yo era la única persona que podía considerar como un amigo.

Daba largos paseos por el pueblo y sus alrededores. Me quedé en la casa de mis tías hasta que los médicos me dieran el alta definitiva y, recuperado, volviera a mis tareas en el diario de la capital.

Me acercaba al muelle viejo cada mediodía y permanecía un rato escudriñando las aguas, buscando el fondo y deseando encontrarme con una avanzadilla de los libros peregrinos. No hubo suerte; antes de marcharme para almorzar mojaba las manos en el agua de la mar y las pasaba por la cara. Fue una costumbre que adquirí en la otra dimensión.

Las tardes las pasaba discutiendo en la tertulia del casino la política municipal o el satrapismo local; los cambios que se estaban produciendo en el pueblo se entreveraban con lo que algunos contertulios pensaban, que cualquier tiempo pasado fue mejor que el actual. Yo no opinaba igual: las libertades y la democracia eran una conquista de la que disfrutábamos y por nada del mundo quería perderme este tiempo nuevo.

Antes de retirarme caminaba hasta el lugar donde estuvo la biblioteca, el edificio incendiado que yo contemplé en todo su esplendor en mi viaje al Infierno.

Los fríos de los inviernos, las primaveras lluviosas, los rigores del verano y los vendavales de los otoños destruyeron paredes y medianas y propiciaron que la maleza se adueñara de su perímetro interior. Las vallas seguían guardando su intimidad y un murete de ladrillo impedía la entrada. Una mano anónima pintó un lema en el pequeño muro: «Arriba Heráclito, abajo Parménides».

El lunes de Pascua abandoné el pueblo tras casi tres meses de convalecencia, y, al despedirme de mi familia, una sensación de melancolía se apoderó de mí, un sentimiento de pertenencia que me remitía a uno más poderoso de permanencia.

Con tristeza me subí al coche, conducía mi mujer y, al llegar a las curvas de Redoada, noté cómo una lágrima se deslizaba por mi mejilla.

Nunca he contado la historia de mi viaje; me tomarían por loco, como predijo el diablo; la cuento hoy por primera vez, la escribo en esta crónica, en las memorias de la biblioteca de mi pueblo, en su memoria.

Ya no vivo en la ciudad, aunque paso en ella largas temporadas. Este año adelanté las vacaciones de verano y he regresado de nuevo. Tengo que revisar el texto que voy a leer, o quizá no lo lea y lo memorice, en las conmemoraciones del próximo fin de semana. Hace mucho calor, un calor bochornoso propio de estas fechas, cuando llega puntual el viento del sur.

El domingo, y como remate de las celebraciones, será la kermés del Carmen; por la mañana, la procesión marítima pintará de colores la mar entera.

4

Mantuvo que su participación en el incendio de la biblioteca fue ocasional. Buen amigo de Alonso, lo acompañó al bar España. Sostuvo que ignoraba los planes del grupo y que su intervención se limitó a vigilar la esquina que daba a dos calles donde estaba el edificio que albergaba los libros. Creía que la acción que amparaba la noche consistía en pintar lemas patrióticos en la fachada de la biblioteca, como hicieron otras noches en numerosos edificios del pueblo.

Las consignas de «Arriba España» y «Viva Falange Española» aparecían pintadas cada mañana. Algunas eran borradas de inmediato, la mayoría se mantuvieron hasta después de terminada la guerra.

Cómplice en el silencio, decía estar arrepentido de la quema de la biblioteca; precisamente él, que en los libros forjó su patrimonio intelectual, sólo fue un incendiario en las proclamas y en las arengas, en las soflamas y en los mítines y en el aparato de propaganda de su partido. Engreído, con una desmesurada egolatría, Ignacio Escorial, que así se hacía llamar antes de la guerra, era culpable de varios asesinatos de republicanos de la comarca. Si bien nunca apretó un gatillo, según afirmaba y parece ser cierto, después de haber investigado entre sus camaradas y amigos de fechorías sólo acusó con su dedo y su palabra a personas que desde sus flamígeros discursos llevaron pintada una diana en el pecho.

De buena formación clásica, estudió en la capital Filosofía y Letras y era miembro por oposición, por supuesto ganada después de acabar la contienda, del cuerpo de profesores de enseñanza media.

En el cuarenta y dos obtuvo la flor natural en los juegos florales de Burgos con su poemario *César,* dedicado al «invicto caudillo», y al año siguiente y con otro nombre más acorde con el nuevo estado, Ignacio de Loyola Escorial publicó los *Cuadernos del Guadarrama,* conjunto de poemas épicos que cantaban en endecasílabos la gesta de la conquista de Madrid por las tropas nacionales.

Su verdadero nombre era José Ignacio Mangallón, hijo del forense del pueblo. Creció entre algodones negociando con su mala salud. Pasaba temporadas, muchos de los inviernos de su infancia, encamado por obra de unas extrañas fiebres que no lo llevaron a la tumba por los excelentes cuidados de su padre médico y la labor callada de su madre, que multiplicaba el cariño por su pequeño hijo con mimos y melindres.

Aquel chaval enfermizo se convirtió en un adolescente sano, amante de la gimnasia y de las disciplinas atléticas que fortalecen el cuerpo, y desembocó en un joven alto, fuerte y bien formado.

Su circunstancia de enfermo infantil lo aficionó a la lectura y ya desde muy joven comenzó a colaborar en *La Gaceta* y en *El Eco,* las dos publicaciones semanales del pueblo. No lo hacía del todo mal, de los poemas elementales pasó sin transición a las colaboraciones de corte político que difundían el ideario falangista. José Ignacio, como se le conocía entre sus amigos, tuvo un talante jovial y optimista, era el más simpático, el más sociable de aquel quinteto que una noche, al amparo de la oscuridad y con la colaboración inestimable del viento del sur, quemó la biblioteca.

Su carrera en el campo literario es sobradamente conocida y reconocida con importantes premios comerciales. Murió el pasado año y va a pasar a la historia como un adalid de la democracia —eso al menos señalaban las notas necrológicas de los diarios—, un defensor de las libertades.

Tras la restauración de la democracia fue candidato al Senado por el partido de los socialistas; se presentó por esta demarcación adonde no llegó la amnesia y la desmemoria, donde todavía no habita el olvido, donde continúan viviendo los hijos de las personas que él señaló para ser asesinadas.

José Ignacio, el hijo mayor del doctor Mangallón y de Chicha Ferreira, no amó nunca el lugar en el que nació. Su padre tenía una excepcional colección de ojos de vidrio que heredó, incrementándola con aportaciones extranjeras, su primogénito. Se puede visitar en el museo de la provincia, pues justo hace un mes se abrió al público tras ser donada por su viuda.

Tuve ocasión de conocerla de forma privada cuando estaba en fase de catalogación. Era impresionante: todos aquellos ojos, cuidadas esferas de vidrio con el iris y el cristalino, la pupila y la retina mirándote fijamente. Contaban una historia distinta, narraban lo que vieron, los paisajes en los que se detuvieron; podías ver la mar si seguías su mirada, aunque estuvieses a muchas millas, tierra adentro; imaginabas, según los colores de los ojos, otras ciudades que no visitaste. Las maravillas del mundo que salían en los cromos de las chocolatinas estaban en aquella colección de ojos de cristal.

Veías cómo se inclinaba la torre en Pisa, calculabas la altura de la torre Eiffel, escuchabas el ruido del agua que vierte en las cataratas de Niágara, observabas cómo se pone el sol tras las pirámides en Egipto.

Asimismo, la memoria inerte de los ojos impúdicamente exhibidos te iba llevando al llanto y a la lágrima; esos ojos que me estaban mirando desde sus repisas lloraron de pena por el fallecimiento de un ser querido, de emoción la tarde del primer beso; soltaron una lágrima de gratitud cuando vieron la cara de su primer hijo; conocieron el espanto y el dolor, la luz y las tinieblas.

Nadie tiene derecho a coleccionar los ojos que ocuparon un lugar en las cuencas vacías; los ojos de cristal tienen vida propia, realizaron la tarea de acompañar la mirada del ojo sano, son artesanales pequeñas obras de arte, y su exhibición para el disfrute de los mortales es un ejercicio de obscenidad.

Después de ver la colección adjudiqué a distintas personas, a hombres y a mujeres anónimos, cada uno de aquel largo centenar de ojos, y a las mujeres morenas les colocaba en mi imaginación ojos claros, verdes y azules de transparente mirada, como de agua; a los rubios sajones de otras tierras les correspondían los ojos negros y castaños.

Las joyas de la colección eran dos bolas de vidrio de extraño color: una era gris, la otra, violeta; ambas aún navegan por mi fantasía y en las noches de insomnio busco destinatarios para esos ojos que estoy completamente seguro de que pertenecieron a dos mujeres. En las noches de insomnio mi imaginación va dibujando la historia de las dueñas de esos ojos que alumbran mis noches.

La colección tiene un par de ojos iguales guardados en una caja de caoba labrada. Yo les encontré propietario, pues debieron de pertenecer a un músico vienés maestro de clavicordio que puso todos los sonidos a la colección.

José Ignacio, Ignacio Escorial, se casó ya algo mayor con Conchita del Val, Nenita para sus amigos, actriz en su juventud del Nuevo Teatro de Cámara de Madrid, del NTCM, que tuvo sus tardes de gloria representando a Ibsen y a Sófocles.

Viuda de Poncio de la Cerda, procurador en Cortes por Badajoz y eterno aspirante a ministro de Agricultura en el régimen franquista, se enamoró del genio lírico de Ignacio. El suyo fue un amor cantado en sonetos, la pasión estuvo en los versos. Cuarentones ambos, juraron amarse hasta que la muerte los separara y una mañana de mayo, muy temprano, cuando asomaba el día por la ciudad universitaria, unieron sus vidas ante Dios en la iglesia del Museo de América, en la Complutense.

Laín Entralgo, Vicente Aleixandre y Paco Leal, director de *Mundo Hispánico,* fueron los testigos de José Ignacio; los dos hijos de Nenita y su hermana Saleta acompañaron a la novia. Los padrinos fueron el ministro Arias Salgado y Elena Quiroga. El matrimonio y un reducido grupo de invitados celebraron un almuerzo en el comedor privado de Jockey.

La pareja fijó su domicilio en la casa que Nenita tenía en Ayala y José Ignacio se mudó del piso que tenía alquilado en la calle de la Princesa.

Cuando se inauguró el Instituto Ramiro de Maeztu ocupó plaza de titular de latín; era bueno enseñando y Virgilio no escondía para él ningún secreto declinable.

Nenita era un volcán, irrefrenable en la pasión. Tenía al maduro poeta en un sinvivir constante, la cama era una obsesión y el placer comenzaba a resultar enfermizo para nuestro hombre. Su esposa lo acompañaba a todas las justas poéticas, a todas las conferencias adonde era invitado. No le daba tregua y se iba consumiendo paulatinamente, sin que en ningún momento nada hiciera temer por su debilitada salud.

Hasta que en una sesión cultural dedicada a Garcilaso, un joven director escénico le propuso un papel de dama madura en una obra de Neville. La compañía era semiprofesional y tenía apalabrada una gira por Toledo, Guadalajara, Puertollano y Ciudad Real. Estuvo pletórica en la función el día del estreno en el teatro de Rojas, en la función y fuera de ella, pues el joven director supo calmar en fogosos y frecuentes encuentros tanto furor desatado.

Aquella aventura duró poco, duró el tiempo que la obra se mantuvo en cartel, que no fue mucho. Después del episodio amatorio Nenita ya no volvió a ser la mujer de antes, un aire de tristeza se fijó en sus ojos, se fue apagando su sonrisa y pese a sus buenas dotes interpretativas jamás volvió a representar un papel en el teatro.

Su marido no dejaba de mimarla; para ella escribió un libro entero que no dudó en titular *Nenita* y que recorría la vida de su mujer desde la infancia al ahora mismo más cercano, pero la melancolía no estaba dispuesta a huir de su corazón.

Un suceso trágico partió en dos su vida. Los dos hijos de su anterior matrimonio eran como el día y la noche: Álvaro, bullanguero y dicharachero, jefe de la tuna de distrito, anclado en el cuarto año de tercero de Caminos, fue un vivalavirgen toda su vida y continua siéndolo ahora, mientras dirige una empresa constructora con capital propio; Carlos, terriblemente taciturno, estudió Derecho y, al terminar la carrera, se marchó a París con una beca del Ministerio.

Y en París pensaba su madre que continuaba viviendo cuando una mañana el ministro del Interior la telefoneó para anunciarle que su querido hijo Carlos, el más necesitado de su afecto, había muerto en un enfrentamiento con la policía en un barrio del sur de Madrid. Era un dirigente del GRAPO en la clandestinidad, miembro fundador del Partido Comunista Reconstruido y partidario de la lucha armada. Quiso predicar con el ejemplo y en su primera acción con una pistola del nueve largo en la mano fue abatido por la policía junto con una joven camarada, una chica gallega que no pudo cumplir los veinte años al día siguiente de su muerte.

Si grande fue el dolor por la pérdida de su primer marido, inconmensurable, difícil de soportar fue el de la muerte de su hijo Carlos, un muchacho retraído que se ensimismaba en contemplar una puesta de sol o la mar del pueblo de su padrastro, el vuelo circular de los vencejos o el alocado galopar de los potros en la extremeña finca familiar.

Cómo se iba a imaginar ella que su pequeño hijo era un terrorista, que murió matando. Que el policía caído, asesinado, no fue el primero en disparar. Conchita se quedó sin lágrimas para llorar a Carlos; la policía no le dejó ver el cadáver, le entregaron un ataúd de cinc sellado y lo enterraron en la misma tumba de su padre, y otra vez la muerte va impregnando las páginas de esta novela.

Nada tuvo que ver el diablo, nuestro particular demonio, en esta desgracia. Aún no le habían presentado a José Ignacio y a su señora, que vivían en la capital, muy lejos de la demarcación territorial de don Luciano Bello.

El año en que murió Carlos decidieron pasar una temporada en el pueblo para que Conchita se repusiera del duelo y pudiera distraerse con una sencilla vida de relaciones sociales a la vez que su salud se beneficiara con la brisa marina que es remedio antiguo para algunos males menores.

Así fue; vivieron dos meses de verano en un viejo hotel cercano a la playa, un hotel decadente que en un pasado remoto había sido señorial y que estaba próximo a la ruina. Lo remozaban cada verano, pero los achaques propios de la edad de los edificios lo convirtieron en un cofre de ruidos; las pisadas en los pasillos de madera eran sinfónicas y sólo compensaba la escasez de huéspedes.

La pareja daba largos paseos, caminatas sin fin hasta que la noche dormía en el arenal. Conchita se aficionó a la lectura y José Ignacio escribió los primeros capítulos de una novela que lo consagraría como autor y que fue merecedora del premio Universal, que gozaba de gran prestigio editorial. Sólo Gironella lo superó en ventas.

Los pocos amigos que tenía en el pueblo decidieron hacerle un homenaje en los salones del hotel París, especializado en bodas. Allí, cuando agosto estaba terminando, se celebró una comida en la que se pidió para tan ilustre persona el título de Hijo Predilecto, que le sería concedido y que fue anunciado por el alcalde a los postres del homenaje «De gratitud y admiración a nuestro querido paisano Ignacio de Loyola Escorial, admiración que hacemos extensiva a su encantadora esposa, la reconocida actriz dramática Conchita del Val».

El verano conmociona el pueblo. Julio y agosto son los meses en los que multiplica su población y se llena de bullicio y color. Las pandillas juveniles de los veraneantes inundan la noche de risas y canciones. No tienen buena fama, no son bien acogidos por los rapaces que viven todo el año en la villa. Los veraneantes practican una feroz endogamia y el turismo de familia, tan habitual en las villas del poniente, va pasando el testigo de un estilo de vida de padres a hijos.

Éstos de ahora son los descendientes, los hijos y los nietos de quienes se quedaron en el pueblo en el largo verano del treinta y seis que duró tres largos años. La mayoría procede de Madrid y son amantes fieles del lugar que frecuentan cada verano desde que eran niños. Este pueblo es tan suyo como de los que aquí nacieron. Bien mirado, es más de ellos porque, al fin y al cabo, lo eligieron como referencia esencial en sus vidas. Compraron viviendas y cada año asisten puntuales a su cita con agosto.

Durante el verano el pueblo se vuelve zalamero y coqueto; es más amable que de costumbre, evita el chubasco y los días tristes; luminoso y con ese sol encendido del estío acoge a quien lo visita, es hospitalario y generoso con el viajero y se funde en un abrazo con quienes lo habitan. Nada existe tan entrañablemente humano como los meses de agosto en toda la geografía del poniente.

Y fue en agosto, un día adornado con el oro viejo de un sol torpe, cuando se celebró la comida en homenaje al nuevo hijo predilecto. Supuso la reconciliación de Ignacio con su ciudad, un amor tardío que iba a ser el más duradero de los amores.

Fueron pocos los comensales, los veraneantes eran mayoría, tal vez porque en José Ignacio y Conchita, huéspedes de un hotel de la playa, vieran reflejado a uno de los suyos.

Mis vacaciones estaban a punto de terminarse. El lunes dejaría el pueblo, volvía a la ciudad y a mis afanes; pude asistir a la comida del sábado, tenía curiosidad por estar presente en un almuerzo de reconciliación más que de confraternidad; no era un hijo predilecto, más bien parecía un hijo pródigo que, amparado en la desmemoria propia de nuestra tierra, reescribía su biografía borrando del pasado cualquier rastro que lo vinculara con la oprobiosa dictadura que tanto lo había beneficiado.

Un incómodo testigo de otro tiempo se sentaba a la mesa. Era Elías, un fantasma olvidado por José Ignacio, quien lo ignoró evitándole durante toda su estancia en el pueblo. Allí estaba, dando aldabonazos a la memoria, resucitando cadáveres que fueron convenientemente enterrados. Rendía homenaje de camaradería perdonando todas las veleidades del demócrata izquierdista en que se convirtió su compañero, su entonces admirado compañero de correrías, capaz de escribir sublimes poemas, patrióticas odas y sentidos sonetos a los que se fueron.

Elías recuperó el traje oscuro de las ceremonias, compró una corbata para la ocasión, retiró la tarjeta que vendían para el convite y solo, con toda la soledad que vivía con él desde el lejano homicidio de su primo, se sentó discretamente en un extremo de la mesa. A su lado, una joven pareja de forasteros, vecinos de hotel del homenajeado, se sorprendía con cada una de las cosas que ocurrían en el almuerzo.

Elías comenzó a contarles la historia del incendio que destruyó la biblioteca como introducción al relato de los libros perdidos, los textos navegantes, los tomos peregrinos que viajan entre dos aguas y conforman parte de la gran biblioteca de los mares, la biblioteca náutica que arriba a puertos insospechados que nunca vienen en los mapas.

Sus vecinos de mesa estaban absortos con el minucioso relato oral de Elías, que insistía en aportar todo lujo de detalles a la insólita expedición marina. Les habló de un atlas secreto que construyó durante los duros años de silencio que estaba padeciendo, un atlas que describía los nombres de los lugares donde se ocultaban los tesoros que permanecían ocultos en montañas que escondía la niebla, mares ignotos, océanos perdidos con secretos caminos de agua por donde navegaba la flota de los libros perdidos.

Convencidos de estar junto a un poeta o un novelista, le pidieron que no dejara de contarles historias tan maravillosas. Elías, consciente del embeleso y la fascinación que provocaba en la pareja de comensales y sintiendo el dolor del desprecio que hacia él manifestó una vez más el homenajeado, dijo en voz tan alta que fue escuchado por todos los asistentes:

—Ignacio Escorial y otros cuatro camaradas de Falange Española quemamos la biblioteca pública la víspera del Carmen del año treinta y seis.

Lívido se quedó José Ignacio cuando escuchó el mensaje que le enviaba su viejo compañero, quien pese a estar presente en el almuerzo convocado en su honor, era una vez más ignorado hasta el desprecio.

—Y no se quedó atrás —añadió Elías—, era un buen falangista, quizá el mejor de todos nosotros.

En ese preciso instante el conserje se dirigió a la presidencia de la mesa y entregó a Ignacio Escorial un paquete envuelto en un papel rojo que el destinatario abrió de inmediato para leer la nota que acompañaba al regalo.

La nota estaba escrita en latín:«*Quandoquidem in partes, abstrahor, accipe, Phineu, quem fecisti, hostem pensaque hoc uulnere uulnus*». Buen latinista como era, pudo traducir mentalmente el mensaje: «Ya que por fuerza me colocan en un bando, recibe Fineo, de este rival que creaste, el ojo por ojo». Miró para Elías sabiendo que él no era el remitente, bebió un sorbo de agua, se secó el sudor de la frente y, sentado, contempló la portada del libro. Era otro de los rescatados del fuego. Estaban visibles las cicatrices provocadas por el incendio. La edición parecía muy deteriorada, muchos ojos habían leído las páginas de las *Metamorfosis* de Ovidio, un texto bien conocido del profesor Mangallón, el escritor Escorial, gloria de las letras hispánicas.

Y sin esperar la llegada de los cafés, pronunció un discurso que empezaba como comienza el libro recién llegado a la mesa, el inesperado regalo:

—Quiero hablar de las personas que cambian su forma de vida, quiero hablar de mí mismo, *in noua fert animus mutatas dicere formas corpora...* Así, queridos amigos, es el principio de este libro que tengo en mis manos, y como su autor, mi admirado Ovidio, escribió, yo también lo voy a emular en este saludo agradecido que os quiero manifestar contando, sin ánimo de ser pesado, la crónica de las transformaciones de los seres habidas en la historia del mundo, a las que ni los dioses han sido ajenos; la crónica de mi propia transformación desde que, como recordó un antiguo amigo, hoy aquí presente, vi arder la biblioteca pública y otra persona nació dentro de mí.

Al oír tal declaración de principios, Elías se levantó de la mesa, se despidió de la pareja vecina y, levantando el brazo, saludó a la romana; hizo el saludo de los falangistas mirando fijamente a José Ignacio, que aprovechó para hacer una mínima pausa en su discurso.

Elías se despidió cantando uno de los himnos, más bien una oración fúnebre, del cancionero épico de los falangistas: «Yo tenía un camarada...».

Aliviado tras la ausencia de Elías, el celebrado escritor prosiguió su intervención, que resultó brillante. Su discurso fue eficaz y directo, no alardeó de erudición y el regalo de las *Metamorfosis* le vino muy bien para lucirse.

Conocía sobradamente el texto de Ovidio, pues fue su referencia escolástica durante los dos últimos cursos; adoraba a su autor y su obra pocos secretos tenía para el viejo profesor. Decidió sobre la marcha seguir enseñando a Ovidio en el último de los cursos antes de jubilarse. Ignacio Escorial cumpliría pronto setenta años.

Disfruté mucho con su exposición, que estaba resultando emotiva; me distraje mirando a la mar desde la ventana que frente a mí explicaba la raya azul del horizonte a todo aquel que dejara navegar su mirada por el rectángulo de vidrio que enmarcaba todo el Cantábrico.

Contó muy bien el orador el caos que era el universo en estado informe para dar paso al cosmos, que sufre la evolución propiciada por la intervención de un dios que distingue y organiza el agua y la tierra, el aire y el fuego, dando lugar al nacimiento de un mundo estructurado en forma de esfera y dividido en cinco zonas climáticas:

—La tierra va configurando las montañas y los valles, por el aire caminan los vientos, los ríos y los mares rinden tributo al agua y se cuelgan las estrellas del firmamento, que van a poblarse de animales feroces y mansos en la tierra. Vuelan los pájaros por entre la brisa que viene con el aire, y en la mar navegan los peces; el firmamento es para los dioses, y es Prometeo quien moldea al hombre con el barro de la tierra.

Los asistentes al homenaje que, con motivo del nombramiento como hijo predilecto del muy noble y muy leal concejo, se le ofrecía al insigne y reconocido escritor, permanecimos absortos durante el tiempo que duró la magnífica intervención de tan distinguido hijo del pueblo.

Yo sentía curiosidad por verle y escucharle. Fue la motivación que me impulsó a participar del convite. Desde mi juventud me comprometí a seguir de cerca la vida, toda la vida, de los cinco responsables del incendio de la biblioteca. Indagué, busqué datos, procuré testimonios hasta dibujar un retrato robot de cada uno de ellos; supuse que esa investigación emanaba de un mandato incierto y difuso que alguien me encomendó. Saber todo lo posible acerca de los cinco significó un compromiso que marcó mi vida.

Ahora que estaba cerca de Ignacio, me dejaba subyugar por la melodía magistral de su palabra; su discurso me fascinó y yo estaba ante la magnífica construcción de sus frases, que confundían el texto de Ovidio con una lectura autóctona que mucho tenía que ver conmigo, una lectura que era un dardo enviado directamente al corazón.

Me levanté para saludarle y darle mi felicitación más sincera. Sabía quién era yo, conocía a qué familia pertenecía e incluso me consta que leyó mi libro sobre los cuatro linajes del pueblo, y pese a todo, cuando intuyó que podría abrazarle extendió su mano para estrechar la mía en un gélido saludo. Le habían contado que estaba escribiendo un serial para mi periódico que exhumaba la memoria del año treinta y seis y el terrible episodio de la biblioteca quemada. Como quiera que todavía vivía un testigo, un incómodo testigo que este mediodía participó del almuerzo homenaje, prefirió poner distancia entre nosotros.

El libro que recibió a los postres, el regalo anónimo, hizo que volviera a los días del plomo, a la crónica de la muerte, de las muertes alevosas e indiscriminadas, a la barbarie caprichosa de la que se había arrepentido y que ahora repudiaba, y frente a mí, estrechando cortésmente mi mano, era consciente de que yo estaba allí para contarlo.

Y no podía entender cómo un hijo de la burguesía local, periodista de éxito en un diario nacional, tuviera el empeño de revolver en las viejas historias que a nadie interesan y que pueden dañar a quienes de cerca o de lejos tuvieron que ver con aquellos tristes y dolorosos acontecimientos.

Supe, al sentir su mano helada contra la mía, que nunca lo entendería. Y yo iba a continuar removiendo la historia de aquellos cinco amigos vinculados por un ideal, por una ideología que creyó modificar la historia.

Doña Conchita evitó saludarme y no quise darme por enterado de su falta de cortesía. No tenía nada en contra suya, me causaba un profundo respeto y la compadecí en su dolor de madre cuando me enteré de la desgracia familiar al morir su hijo. Pero así son las cosas, y en los pueblos las distancias personales se agigantan. Estuve en el banquete por curiosidad; no había sentido, hasta entonces, ninguna admiración por el personaje, y las razones de paisanaje no justificaban mi presencia.

Salí de aquel lugar con una sensación agridulce y decidí pasear al ritmo que me marcaba la anochecida. La noche comenzaba a descorrer su cortina, y era esa hora de la tarde, entre lusco y fusco, como recuerdan en las ciudades de poniente, en que el universo declina.

Los días previos a mi partida, mis últimos días de vacaciones, los apuro como el postrero sorbo de un buen vino, y aunque podría recorrer a ciegas las calles y las plazas y todos los rincones de mi pueblo, busco ángulos no reconocidos en las esquinas, encuadres mágicos en las bocacalles, paisajes imposibles que se archivan en mi retina, y ese paseo en la frontera de la noche era la recapitulación primera al final del mes de agosto.

Llamé a mi mujer y la esperé en una de las terrazas del malecón. Ya tenía noticia del convite y me lo contó como si yo no hubiese asistido.

Cuando regresé a la ciudad, se anunciaba una serie de seis artículos en el diario *La Nación* que escribiría Ignacio de Loyola Escorial, sin duda alguna el escritor de moda. La serie se titulaba «Las metamorfosis», y fue seguida en todo el país con literaria y desmedida pasión.

El primero de ellos, siguiendo cronológicamente el texto de Ovidio, era sobre las cuatro edades; más bien parecía que el discurso de su almuerzo tuviera continuidad escrita. La primera de las edades es la de oro, seráfica y apacible, sin lugar para la enfermedad y la guerra, edad de permanente primavera.

Júpiter reina en la segunda de las edades, la de plata, después de destronar a Saturno, su padre. En esta edad los hombres aprenden a roturar la tierra y a levantar viviendas; la tercera y cuarta de las edades son de bronce y hierro respectivamente, convulsas por la ambición y la envidia, el rencor y la muerte, el hambre y la guerra.

El autor interpretaba sabiamente a Ovidio y actualizaba su lenguaje seduciéndonos con un texto escrito cientos de años atrás, y yo pensaba en la fuerza que tienen los libros para modificar la vida, pues si no le hubieran enviado el libro rescatado del incendio de la vieja biblioteca, estos artículos que estamos leyendo no habrían sido escritos nunca.

Yo evocaba la cotidianidad pueblerina, la cadencia monótona y solemne de la lluvia con su obstinada impertinencia. Los días que en mi pueblo no llovía, echaba de menos el chubasco intempestivo, el incómodo aguacero que me sorprendía en un descampado. Cuando pensaba en el pueblo o recordaba una escena del cine mudo de los recuerdos, lo veía en la distancia con una cortina de lluvia desfigurando los paisajes y las personas.

Los artículos semanales de José Ignacio me provocaban una sorprendente e injustificada excitación. Más bien parecían de mi autoría, aunque era consciente de que quien los firmaba sólo tenía en común conmigo que los dos habíamos nacido en el mismo pueblo, en la misma calle y en una casa que estaba pared con pared de la de mis padres. Poco o nada teníamos que ver, y es más, yo repudiaba su trayectoria, su cambio de chaqueta, su conversión a la fe que dictaban los nuevos tiempos, su adscripción a la lectura civil de una sociedad democrática.

Pese a todo lo admiraba intelectualmente y reconocía su brillantez como escritor. Yo no era de su agrado y estaba persuadido de que, un buen día, iba a aparecer en mi periódico un artículo contando quién había sido.

Nunca lo propuse ni nunca lo escribiría. Tal vez en el libro en el que pretendía narrar las cinco historias de los responsables del incendio de la biblioteca José Ignacio tendría un capítulo, un pasaje de la memoria rescatada, la crónica de un tiempo turbio, de unos años de ira y de odio, de miseria y de muerte a la que no fue ajeno.

Este domingo aún es mediodía y el sol está alto, en mi casa de la ciudad me desubico para leer en el diario el artículo semanal de José Ignacio Escorial. Es un momento de placer apresado que no disimulo. Lo paladeo con deleite; por la noche compartiré con mi mujer y los hijos esta reciente entrega dominical. Cuenta su autor metáforas de gigantes que ocupan las páginas de las *Metamorfosis*.

Los gigantes pueblan los montes de papel del largo texto de Ovidio para llegar hasta el cielo. Júpiter los aniquila y su mala sangre, su sangre enferma, fecunda la tierra, de la que nacen los más viles y sanguinarios de los hombres.

La música de las palabras sonaba a melodía autobiográfica. En cada línea del artículo yo interpretaba que su autor pedía perdón, arrepentido de los antiguos desmanes cometidos.

—Los hombres que han realizado importantes tareas —me dijo en una ocasión el diablo—, no tienen ningún sentimiento de culpabilidad. Todos sus actos, por muy miserables que hayan sido, están sobradamente justificados en su código interno. No le des más vueltas, tu hombre no tiene de qué arrepentirse.

Quería que en mi corazón brotara un sentimiento de rechazo. Cuanto más lo deseaba, más admiraba la prosa de mi paisano, y no podía ser imparcial.

Evitó mi afecto, suponía unos rasgos de perversión en la herencia de mi memoria. Prefirió ignorarme, y cuando estuve cerca de él, noté su profundo desprecio.

> Cuando los dioses se reúnen en el palacio celestial convocados por Júpiter, el dios melancólico recuerda las maldades que acontecen en ese momento en las cuatro esquinas del mundo, y la rebelión de los hecatónquiros y Licaón es el ejemplo que cuenta en el folletón semanal evocando el pánico que provocó el asesinato de Julio César, después del cual Júpiter continúa su extraordinaria exposición en la asamblea celestial, contando cuánto era de feroz y sanguinario Licaón, monarca de la Arcadia que intentó eliminarlo cuando se hospedó en su palacio. El castigo del dios fue convertir en lobo al malvado Licaón.

Quería encontrar en la lectura de estas hermosas páginas una metáfora general para interpretar el mundo desde mi pueblo y su historia y hallaba demasiadas coincidencias, todas ellas fruto de una obcecación insana. Incluso el diluvio de San Mamed, que estragó la parte baja del pueblo un siglo atrás, encontró en mi lectura un fiel reflejo en el libro de Ovidio, cuando Júpiter decide destruir el mundo y provoca un diluvio dejando que el viento Noto haga de las suyas, y Neptuno, su hermano, da rienda suelta a la mar Oceanía y desborda los ríos inundando el mundo conocido.

Felicité por carta a José Ignacio; en ella le manifestaba mi admiración hacia su forma de escribir, mostraba mi orgullo de paisano y despejaba posibles temores diciéndole por escrito que no estaba escribiendo su biografía sino una crónica literaria que más tenía que ver con los libros y con las bibliotecas. Le hice saber que desconocía quién le había enviado el libro, y que de ninguna manera iba a encontrar en mí un enemigo. Podría no ser su aliado, pero pocas razones me animaban a enfrentarme con él.

No tuve respuesta. Me dolió profundamente que no me contestara, esperé la carta que no llegó y nunca entendí que su soberbia intelectual fuera la causante del desprecio hacia mi persona.

Se fueron sucediendo las entregas dominicales durante varias semanas. Su peculiar lectura de las *Metamorfosis* era una interpretación del mundo, un canon de uso vital:

> ... Deucalión y Pirra, la serpiente Pitón y la conmemoración de los juegos Pitios en su recuerdo; la conversión de Dafne en un laurel, árbol que desde entonces se consagró a Apolo; Io convirtiéndose en vaca custodiada por Argos, el de los cien ojos, que a su vez es castigado por Mercurio, que lo transforma en un pavo real mientras de nuevo la vaca vuelve a ser Io.

Iba contando la metáfora de los comportamientos como prólogo al artículo que, con categoría de acontecimiento literario, escribió para la tercera página del diario conservador.

Bajo el título de *Deuda saldada* se reconoció coautor del incendio de la biblioteca pública de su pueblo: «Corría azul nuestra juventud por las venas de una ideología nueva que nacía en un solo corazón...», y se culpaba de los años de silencio evitando un mea culpa que públicamente pudiera liberarlo.

El trabajo periodístico no tenía desperdicio, y la memoria fue precisa en las fechas: «Tal día como hoy, cinco muchachos quemamos la biblioteca; en el pueblo, las gentes marineras celebraban con una kermés la fiesta de la Virgen del Carmen. Aquel atentado salvaje, aquel sabotaje inconsciente tuvo lugar la noche anterior, hace ya muchos años». De esta suerte finalizaba el artículo.

No dejé que aquel texto tramposo aunque sincero, oportunista y tardío me conmoviera. Pero, en el fondo, quién era yo para poner el dedo acusador en la llaga del delito; qué razón existía para que cinco personas se instalaran en mi vida, para que fuera reconstruyendo la de ellos. Mi deuda estaba siendo saldada desde algunos años atrás, cuando me obligué a recuperar un episodio de la pequeña historia de mi pueblo, un episodio triste que no venía en ningún libro y que quería que no fuera olvidado para convertirlo en una leyenda local que da cuenta y razón de unos libros que navegan la mar, del rimero de los libros perdidos de los que nadie tuvo noticia alguna.

Pasé página. El éxito literario acompañó algún tiempo a Ignacio Escorial, ya convertido en académico de la lengua. Adquirió una casa de campo, un viejo pazo rehabilitado en las cercanías del pueblo en el que pasaba largas temporadas.

Ya no me importaban ni su vida ni su obra. Las pocas veces que coincidimos nos ignoramos mutuamente y, a su muerte, una comisión local creó una junta gestora para levantar un monumento, una estatua que lo recordara a las generaciones venideras. De aquella iniciativa nunca más se supo.

Él y su esposa, que le sobrevivió poco tiempo, están enterrados en un panteón de mármol gris en el cementerio del pueblo, según se entra a mano derecha. Nuestro cementerio está colgado sobre la ría, mirando a la mar; se asemeja a una caracola marina que suena en la lejanía con un lamento de ayes para avivar la morriña.

Cuando te vas acercando al pueblo por la carretera de la costa y es de noche, el cementerio más parece un puerto con las luces a proa de los barcos y en lo más alto del palo mayor de una flota de veleros próximos a zarpar.

Cuando falleció el escritor que nos ocupa, me telefoneó el diablo. Luciano Bello no se pierde ocasiones como éstas, estaba francamente emocionado escuchando la marcha fúnebre de Chopin que interpretaba la banda de música local.

Cuando le pregunté si estaba allí para acompañar al fallecido a los infiernos me respondió que en el Cielo existen la misericordia y el perdón, pero que en el Infierno no se olvida a quienes levantan piras con los libros; en el Infierno existe una memoria precisa de los incendiarios. Antaño fueron los embajadores del averno sus emisarios. Me aseguró que este asunto no era de su negociado y que ya poseía suficientes datos del muerto como para incluirlo en lo que él llamaba «Crónica general de un incendio».

Anunció su próxima visita y yo lo convidé a ser mi huésped. Rehusó la invitación y cambió su cita fijando nuestro encuentro para la vuelta de uno de sus viajes. Y así fue.

5

Chipirón era hijo del Choco, un patrón de pesca de bajura que mandaba el *Remeditos,* una tarrafa de las que pescan al día a pocas millas de la costa, integrando la flota sardinal que durante el invierno captura chicharros y fanecas.

Fuerte como un roble y chaparro como un olivo, era muy celebrado por su ingenio y simpatía. Se llamó Abel Abeledo y los mozos de su generación, sus compañeros de pandilla, lo conocían por Caín, y todo el pueblo, donde era muy popular, como Chipirón.

Compañero de fatigas de Elías, entró de su mano en la Falange de la misma forma que podría haber militado en una logia masónica o formado parte de la junta directiva de una cofradía de Semana Santa. Vivía con sus padres y sus hermanas en una casa baja de la ribera, en el barrio de los marineros. Él fue el cuarto de los integrantes de la cuadrilla de pirómanos.

Desde muy joven aprendió a tocar el clarinete en la escuela de música; dicen que manejaba muy bien el instrumento y después de la guerra formó parte de una popular orquesta que actuaba en las fiestas y verbenas de toda la comarca.

Se le daban estupendamente las matemáticas y no parecía mal dotado para los estudios. Durante los veranos se enrolaba en la tripulación del *Remeditos* y ayudaba a su padre en la captura de sardinas, que eran muy estimadas cuando llegaba el buen tiempo.

Aunque resulte humorístico, las hermanas de Abel se llamaban Mar y Saladina, y para las gentes del pueblo fueron Mar y Salada, dos nombres que resultan muy propios para las hijas de un pescador.

Sin que sobrara nada, la familia del Choco, con la señora Encarna al frente, no tuvo que pasar estrecheces ni antes ni después de la guerra. La señora Encarnación poseía licencia para un puesto de venta de pescado en la plaza de abastos. Fanecas, abadejos, jureles, pescadilla, lirios, bonitos y alguna merluza eran las joyas de su muestrario. Vendía por medias docenas de siete y docenas de catorce el pescado al por menor, y las piezas grandes las cortaba en rodajas. Las hijas mantuvieron abierto el puesto, heredaron clientela, modernizaron el viejo alpendre con luces fluorescentes y cámaras frigoríficas e instalaron un rótulo comercial: «La mar salada, pescados y mariscos». Las dos hermanas se mantuvieron solteras y durante su mocedad anduvieron en boca de sus coetáneas, que las acusaron de ser ligeras de cascos. Cada una tuvo un hijo sin padre conocido; los niños fueron reclamados más adelante por su tío y en su mocedad emigraron a Venezuela, país en el que hoy son prósperos hombres de negocios. Cada dos años visitan a sus madres y Mar y Saladina pasan en Caracas muchas Navidades.

La señora Encarna tuvo una afición que cultivó: el cine. Asistía todos los días del año a la sesión de las ocho de la tarde, estaba abonada a la butaca siete de la fila siete y veía las películas repetidas, pues en el cine Progreso cambiaban las cintas los lunes y los jueves, estrenando dos filmes a la semana.

Las que más le gustaban eran las de vaqueros, que llamaba vaqueradas; lloraba en las de amor, que mucho le hacían sufrir, y disfrutó viendo *Ben Hur* y *Los diez mandamientos*, que hasta quince veces visionó cada una de ellas, pues durante una quincena estuvieron en cartel. Los domingos, que son días sin faena en la mar, el señor Choco acompañaba a su mujer al cine. Cuando la cinta era de barcos, el viejo marinero no podía con la tensión que le provocaba lo que estaba viendo en la pantalla y enseguida abandonaba la sala.

Abel era el amigo más fiel y leal que tuvo Elías, juntos cometieron las travesuras que en aquella época realizaban los chavales: robar fruta cuando la primavera estalla en los campos, cambiar las puertas de las fincas el día de San Silvestre, idear bromas pesadas y negarse a crecer. El invierno es perezoso por estos pagos, se resiste a concluir. La lluvia es una pésima consejera para el ocio de los muchachos, los invita a matar el tiempo en los billares, en los locales de la parte baja del pueblo, en las tabernas de la Rivera donde el tiempo circula a cámara lenta. Bien lo sabía Alonso cuando reclutó a Elías para el nuevo partido que en su programa negaba los partidos, por eso perseveró hasta que Elías comulgó con la nueva fe azul que se extendía por España.

Alonso tenía claro que si afiliaba a Elías no iba a esperar mucho tiempo para que Chipirón, aquel simpático chaval del barrio del puerto, pidiese el alta en el partido. Al aprobar la reválida de cuarto, y a la vista de que ese año quedaban terminados los estudios, Abel ingresó en Falange Española persuadido por su gran amigo, por su camarada Elías.

A Chipirón le gustaba estudiar; quería ser abogado como José Antonio Primo de Rivera, pero su padre no estaba por la labor, le había enseñado a lo largo de varios veranos a patronear el barco y a perseguir las bandadas de peces que buscan amparo en las aguas tibias de la ría. Para qué iba a estudiar más si heredaba, como único hijo varón, el barco y las artes de faenar la mar. Abel, como buen hijo, no discutió los argumentos del padre, que consintió en que siguiera estudiando música y en que aprendiera mecanografía en una academia, habilidad que le sirvió para ser nombrado por la junta local de Falange secretario de actas.

Fue avisado por la tarde de que aquella noche quedaba emplazado para una acción secreta. A las doce en el bar Gran Antilla. Y así fue. Todo el material guardado en dos bolsas quedó depositado en el portal de la casa de Elías, que era el más cercano al objetivo. El contenido de las bolsas eran dos latas de gasolina y una cuerda de algodón a modo de mecha.

Cuando se enteró del objetivo, de la «acción de castigo contra los rojos y sus libros», no compartió la idea aunque la acató sin objetar nada. Pasaba buenos ratos leyendo. Conoció la literatura de Dostoievski y Zola, en los libros aprendió todo lo que sabía, los conocimientos de otras culturas, con los libros aprendió a pensar y su pensamiento se quedó en blanco cuando antepuso los valores de la lealtad y el patriotismo para justificar la barbarie que estaba a punto de cometer. Fue él quien vació la segunda lata de gasolina después de que ya lo hiciera Elías. Nunca lo ocultó y siempre llevó consigo la penitencia, el castigo por quemar los indefensos libros que nunca se marcharon de la madeja de ideas de su cabeza. No pudo desenredar, de por vida, aquella noche de sus pensamientos.

Se quedó a contemplar cómo el fuego devoraba la biblioteca y formó parte de los cientos de vecinos que intentaron apagar el incendio. El fuego lo desdobló en dos: era a la vez pirómano y bombero. Al retirarse a su casa evitó encontrarse con los cuatro camaradas restantes, y cuando se acostó, lloró durante varias horas. Y supo que se había convertido en un hombre, que aquella noche estaba ardiendo su adolescencia y que nunca volvería a ser la persona en la que tanto tiempo había deseado convertirse.

En los primeros días de agosto se alistó voluntario para partir al frente, y, encuadrado en las falanges gallegas, después de un corto período de instrucción militar, participó en los frentes de Madrid, Robledo de Chavela y, como retaguardia, en la toma de Oviedo. El título de bachiller elemental y su pericia escribiendo a máquina fueron los avales para que el joven Abel ocupara plaza de sargento en las oficinas volantes del cuerpo de mando. No entró en combate durante la contienda, y su más dolorosa misión consistió en ocuparse de enviar al pueblo los cadáveres de docenas de amigos y conocidos muertos en el frente luchando contra un enemigo que hablaba su mismo idioma y que, como ellos, luchaba por la misma patria.

Al finalizar la guerra volvió al pueblo con el grado de subteniente, vestido con el uniforme del ejército español y camisa azul. Aquella fantasía duró poco. Nadie le ofreció un destino laboral acorde con sus posibilidades, pidió la baja en el ejército y se ocupó de la industria paterna. Durante tres o cuatro años patroneó el barco familiar, el *Remeditos*, y se enroló como músico de verano para hacer la temporada de verbenas con una orquesta. No pudo tocar en la kermés de la Virgen del Carmen, que en los primeros años de la posguerra fue contratada para amenizar la fiesta. El recuerdo de la todavía cercana noche de la quema de los libros le impedía tocar, tocar y hacer cualquier otra cosa que no fuera acostarse, recordar y llorar. Abel lloraba como un niño indefenso que no tiene con quién compartir la memoria de un pasado reciente, que se niega a ser adulto y en cuya cabeza el tiempo siembra más dudas que certezas. La mar no era lo que más le atraía, y el pueblo comenzaba a quedársele pequeño con sus rutinas y la mecánica reiterada del «nunca ocurre nada»; la lluvia eternamente pertinaz, la lluvia de todos los días, lo llenaba de melancolía; no entendía a sus amigos y repudiaba a sus camaradas. Un martes de carnaval vio cómo los nuevos amos del concejo, arribistas de última hora, la más reciente camada de jóvenes señoritos, apaleaban impunemente a un pobre hombre disfrazado de mujer que, por los efectos de una imponente borrachera y como defensa de los insultos que aquel grupo de descerebrados estaba profiriendo en contra suya, osó levantar el brazo y gritar «Arriba España». Fue tal la paliza que el borrachuzo del disfraz, sobradamente conocido en el pueblo, murió, a consecuencia de los golpes recibidos, en los brazos de Abel, que se vio impotente para evitar la pelea.

El crimen, como tantos otros, quedó impune; ni siquiera el juez llegó a considerarlo.

Eran tiempos de extrema pobreza en todo el país, en los montes operaban los guerrilleros, partidas comunistas organizadas militarmente, la crueldad de la posguerra estaba siendo indiscriminada. Tras una conversación familiar, su padre, al que tenía un profundo respeto, consintió en que Abel emigrara a Venezuela, una nación próspera repleta de oportunidades, según todos los indicios. Y una mañana de abril, Abel Abeledo, Chipirón, tomó el coche de línea que lo conduciría a Vigo para embarcar en el *Antilles* con destino a La Guaira, Venezuela.

Cuando, mirando hacia atrás por la última de las ventanillas del autobús, vio cómo la ciudad, su pueblo, se iba desdibujando y se escapaba por la mar de su retina, pensó que tal vez no abrazaría de nuevo a su padre, al viejo marinero que con la marcha de su hijo se retiraba de las faenas pesqueras.

Y grabó en la primera página de los pensamientos el rostro paterno para que nunca se le olvidara, mientras sentía cómo repicaba el corazón en la caja de su pecho.

Hasta el momento de la despedida nunca había visto llorar a su padre, y en esas lágrimas estaba todo su pasado. Madre no dijo nada, en un sobre doblado le entregó dos billetes de mil pesetas y su adiós se quedó en el eco. Un sonido que iba y volvía a Caracas siempre que la memoria recordaba una fecha señalada.

Llevaba al pueblo en su viaje a la incertidumbre de una nueva vida que tendría que iniciar en la otra orilla del mundo. Con él también viajaba el clarinete y las notas de toda la melancolía que por aquellas tierras llaman morriña o saudade.

Mucho le interesó al gran embaucador, a mi amigo forzoso Luciano, la historia de Abel. Cuando la leyó me asaeteó con preguntas y completó con testimonios, que sabe Dios cómo y dónde consiguió, lo que estimaba que eran lagunas del relato. Gran parte de la vida de Chipirón en Venezuela me la refirió el diablo tras indagar, como le gustaba subrayar, in situ. Las piezas que faltaban en el rompecabezas me las trajo a mi mesa de trabajo el gran fabulador.

Cuando Abel desembarcó y pisó la nueva tierra, se convenció de que en ese país construiría una vida nueva, de que allí nacerían sus hijos, e hizo votos para desear desde lo más profundo de su corazón amar a la tierra que lo estaba recibiendo.

Caracas perturbó a Chipirón; le resultaba excesiva, todo le parecía caótico, ruidoso e inmenso. Medía las distancias por los paseos de su pueblo, precisa unidad de medida para dimensionar las avenidas, los barrios, los cafés e incluso los afectos.

Por esa extraña solidaridad paisana, se ubicó en un cuarto de una pensión radicada en un barrio lleno de españoles. En la Candelaria la mayoría de residentes eran canarios y gallegos, y no tardó ni dos semanas en colocarse como vendedor de automóviles americanos. El patrón era un italiano, Martín Martini, casado con una mulata exuberante, doña Paca. La familia la completaba una *nonna*, doña Renata, y la hija, María de los Placeres, cariñosamente llamada Maringá, como una canción muy popular por aquellos años caraqueños.

La puñalada melancólica de la morriña se clavó muy pronto en el corazón de Abel, partiéndoselo, fragmentándolo. Muchas noches en la soledad de la pensión tiró la toalla decidiendo regresar, pero cada mañana se daba una prórroga. Escribía semanalmente, todos los domingos, una carta a sus padres, que le contestaban muy tarde y respondían vagamente a sus preguntas sobre el pueblo y sobre los ciclos que el calendario va instalando en los meses que recorren el año. Se interesaba por personas, por conocidos, por amigos; quería saber si se casó fulanito y si menganito seguía en el pueblo o emigró a Barcelona, quería saber si la lluvia deslució la Semana Santa y hasta qué orquestas animaron las verbenas de las fiestas de agosto.

El primer año se le hizo cuesta arriba. En el trabajo resultó un vendedor eficaz, y cumplía con el cupo de automóviles asignado. Desplegaba toda su simpatía y hacía gala de la buena educación y de la cultura de un bachillerato bien aprovechado. A diferencia de sus compañeros, que vendían coches entre sus compatriotas españoles, él buscó compradores en los miembros de la buena sociedad venezolana; aprendió italiano en una academia nocturna para ampliar mercados, acercándose a la colonia italiana amparándose en la enseña de Martín Automóviles, y cambió su aspecto haciéndose tres trajes claros y uno oscuro como tarjeta de presentación de la mercancía que ofrecía. Más que un vendedor, parecía el dueño de la fábrica de automóviles.

Los domingos, sentado en la plaza frente a una vieja máquina de escribir, una Olivetti portátil algo desvencijada que él mismo reparó, redactaba por pocos bolívares cartas encargadas por emigrantes pobres, muchos de ellos analfabetos, a las familias que aguardaban noticias al otro lado de la mar.

Buscó un agente que le reclutara los clientes durante toda la semana y lo encontró. Un limpiabotas negro, antiguo campeón de boxeo de Venezuela, un juguete roto sonado por los cientos de golpes recibidos y que fue su mejor divulgador de epístolas por encargo.

Treinta o cuarenta cartas por semana escribía desde las ocho de la mañana y hasta que el sol del mediodía le ordenaba parar. Mancito, Germán el boxeador, daba números a lo largo de la semana y controlaba a la clientela. El dinero ganado en ese menester lo ahorraba íntegramente, descontada la comisión del negro Germán y el almuerzo dominical de ambos, para viajar a España cuando reuniera la cantidad suficiente.

Llegó a tener un catálogo de cartas que iban desde las familiares simples hasta las de amor, distinguiendo si la amada vivía en Venezuela o en España. Las cartas familiares tenían múltiples variantes: luctuosas por un pésame, entrañables como las navideñas y felices para comunicar un casamiento o el anuncio de un próximo viaje a la patria.

No tenía descanso Chipirón, resultó ser un trabajador ejemplar y sólo encontró en las sesiones de cine el merecido descanso.

Como si de un plan bien urdido se tratara, comenzó a frecuentar la casa de su patrón a raíz de una invitación efectuada por Martín a su mejor vendedor de automóviles. Esa tarde habló con su jefe en un aceptable italiano que su interlocutor valoró sin disimulos. Haciendo alarde de una especial seducción de vendedor acostumbrado a hacer agasajos a sus clientes, aplicó su buen hacer con doña Paca y su suegra, que convinieron en que había que invitar más veces al buen mozo español. Y así fue, y como dicen por allá para hacer el cuento corto, en una de esas meriendas que al principio fueron exclusivamente profesionales y más tarde una rutina dominical, conoció don Abel a la joven Maringá, y a los pocos meses consintieron sus padres, el empresario Martín y su esposa, en que Chipirón y Maringá fuesen novios primero y se comprometieran para casarse al cabo de unos meses.

Diez años era la diferencia de edad, que en Latinoamérica, en la buena sociedad latinoamericana, resulta razonable.

Hasta el día de la boda siguió viviendo en la pensión. Algo más de cuatro años habían transcurrido desde su llegada, algo más de cuatro años sin dejar de pensar un solo día en su pueblo, ni una sola noche sin estremecerse recordando cuando ardió la biblioteca, la víspera del Carmen del año treinta y seis, y él fue cómplice, él estaba allí derramando la gasolina.

Se casó en la iglesia de los italianos. El banquete lo celebraron en la Quinta del Centro Español. Por parte del novio fueron pocos los que asistieron, apenas una docena. Dos matrimonios de su pueblo que habían emigrado antes que él y que constituían el cordón umbilical y noticioso que aminoraba un poco su saudade; la patrona de la pensión, una gallega de manual que pagaba religiosamente las cuo-

tas de El Porvenir, una empresa que garantizaba el entierro
y la repatriación del cadáver a las comunidades de italianos y españoles, que así se aseguraban el descanso eterno
en un cementerio de su pueblo; su amigo Chano, contable
de la concesionaria de automóviles; un asturiano hiper-
tenso, que fue quien le proporcionó el trabajo; el abogado
Pereira, secretario del Hogar Gallego de Caracas; Felisa,
esposa del dueño del bar Madrid, en representación de su
marido, que no podía ausentarse del boliche, y su agente
de cartas y misivas, el negro Germán, que a causa de esta
boda se iba a quedar sin su complemento salarial.

El negro Germán acudió al convite con una sahariana
nueva y sobre ella ciñó el cinturón con el escudo de campeón de Venezuela de pesos pesados, campeón de boxeo
en su categoría. Como símbolo de elegancia según su cri-
terio, el negro Germán lució en la boda unos guantes blan-
cos reminiscencia acaso de sus tiempos de luchador en los
cuadriláteros.

Como era de esperar, según el guión preestablecido,
la pareja se fue a vivir a la casa de sus suegros, al final de la
carreterita que sale a la autopista de la costa, donde el
viejo Martín se había hecho construir un edificio que albergaba la compañía de automóviles, las oficinas de la empresa y dos pisos de viviendas; en el principal vivía la familia Martín, en el superior, la recién creada familia
Abelenda.

Chipirón continuó con su intenso ritmo de trabajo,
ahora era nominalmente el director comercial de la empresa, pero seguía siendo el primero en comenzar el trabajo y el último en retirarse. Su desconfiado patrón lo tuvo
a prueba sin aumentarle el sueldo y sin darle participación
alguna en la empresa. La vivienda que ocupaban y la comida que su mucama subía al piso de arriba eran las úni-

cas compensaciones que recibió hasta que Maringá anunció que estaba en estado.

Esa circunstancia demoró el viaje previsto a España que se iba a efectuar en el mes de julio. El niño nació el mismo día en que la abuela Renata fallecía. La coincidencia fue por partida doble, pues la italiana cumplía cien años a la misma hora de su muerte.

Martín pudo experimentar dos sentimientos antagónicos y contradictorios: el dolor por la muerte de su querida madre y la alegría por el nacimiento de su primer nieto. Si el recién nacido hubiese sido niña, Martín hubiera creído en la reencarnación. En el piso de abajo estaba acostada la muerte en el ataúd de Renata, en el piso de arriba había venido a crecer la vida en el cuerpo de un niño que nació a la misma hora en que llegó la parca.

En homenaje a su bisabuela se le impuso al niño el nombre de Renato. Fue una sugerencia de Abel que mucho agradeció el señor Martín, que de no ser por esta circunstancia, tan casual como dolorosa, ya había elegido por su cuenta nombre para sus nietos. El primero se llamaría Rómulo, y si nacía un segundo le pondrían Remo. Claro está que siempre previó un marido italiano para su hija, pero la vida es caprichosa y muda las cosas a su antojo.

En el bautizo del pequeño Renato, celebrado después de un tiempo de luto riguroso, Abel tocó el clarinete para todos los invitados y desgranó las notas de una melancólica canción de su tierra que evocaba otros tiempos y otros paisajes.

Toda la niñez y la adolescencia de Chipirón estaban escritas en la partitura invisible de la melodía. Estaban la familia, los amigos y la mar, pero sobre todo estaba el pueblo, su pueblo, aguardando cada verano la visita del hijo pródigo, del emigrante que se fue a hacer las Américas y se olvidó de volver. Sintió de repente que se levantaba el viento, era sin duda el viento del sur que viaja por todo el mundo llevando el bochorno y aquel olor que sólo Chipirón podía percibir, memoria de los libros quemados que el viento traía desde el más lejano archivo de los recuerdos.

El diablo, detective ocasional y permanente buscador de historias, me contaba la escena del clarinete en el convite del bautizo como si hubiera estado allí. Quizá sí, pues el diablo está en todos los lugares donde se encuentra Dios, y parece normal que ambos asistan de oficio a los bautizos.

Por alguna de las extravagancias del carácter diabólico, la vida del cuarto participante en el incendio de los libros interesó sobremanera a Luciano Bello. Me proporcionó más información de la que puedo manejar, construyó un diario plagado de datos y de nombres de personas que para mí no tenían el más mínimo interés.

Abel no se apartó ni un milímetro de una existencia demasiado previsible, semejante a la de miles de emigrantes que triunfaron económicamente y que contribuyeron a extender la leyenda, la lectura épica de la emigración. Aun así, mi amigo el diablo se empeñó en distinguirlo y estableció toda una red de información con la orden diabólica del otro lado de la mar, pues es sabido, creo que lo apunto en una página anterior, que los demonios tienen jurisdicción local, provincial, nacional y continental, y ninguno alcanzó el rango transcontinental. Luciano Bello había llegado a la máxima categoría, la continental, trabajaba toda Europa y sus habitantes, y mantenía cordiales relaciones con la tropa satánica americana y asiática. En África, la nación de los diablos, poseía únicamente pequeñas bases logísticas.

Suegro y yerno mantuvieron unas ejemplares relaciones en los negocios, que marchaban viento en popa. La bonanza económica de Venezuela disparó la venta de automóviles y la pequeña concesionaria de barrio abrió dos nuevas sucursales y una de ellas, la del centro, ofrecía sólo coches de lujo de las grandes marcas europeas. Al frente del nuevo y moderno establecimiento y de la nueva sociedad nacida para la explotación del negocio, estaba Abel. Fue el comienzo de un imperio económico liderado por aquel gallego simpático y emprendedor.

Cuando la correspondencia con su familia se redujo a un par de cartas anuales, mandó instalar un teléfono en la vieja casa del pueblo. Podía escuchar la voz de su padre, e incluso las canciones que le entonaba su madre en las fechas señaladas en el almanaque de la nostalgia.

Había que visitarlos, y cuando llegó otro julio, catorce años después de su marcha, tomaron el avión que los conduciría a Madrid y de allí al pueblo. Maringá, el pequeño Renato y Abel llegaron a mediodía en un taxi a la vieja casa, que estaba recién encalada para recibirles como se merecían. En el piso alto arreglaron la habitación principal para los esposos, y junto a la alcoba prepararon un pequeño cuarto donde dormiría Renato. Venían por dos meses y la estancia fue tan placentera que les supo a poco.

Los padres habían envejecido y un manojo de arrugas se quedó grabado en sus rostros; el cabeza de familia, el viejo Choco, era una caricatura de sí mismo; caminaba todas las mañanas hasta el roble del puerto viejo y pasaba las horas junto a él sentado en el banco de piedra, dejando que su mirada se perdiera por la mar. Abel no faltó un solo día a la cita junto a su padre, y los dos contemplaban la piel cambiante de la mar y unían sus silencios a un himno que el viento del mediodía cantaba con la brisa.

Si el silencio hablara entenderíamos todas las conversaciones que padre e hijo mantuvieron durante los sesenta días de estancia en el pueblo. El día que Abel y los suyos se marcharon, los dos estuvieron desde muy temprano aguardando a que amaneciera sobre la mar y sobre la tierra. Sentados en el banco, junto al roble, vieron cómo Dios repartía los colores del universo e inauguraba otra vez el mundo. Se abrazaron y notaron en su despedida las lágrimas el uno del otro. El Choco permaneció en el banco junto al roble; Abel, sin volverse, sin mirar atrás, caminó hasta su casa, el taxi ya le esperaba y, al subirse al automóvil, supo que ya no volvería a ver a su padre.

Era septiembre y regresó el viento sur al pueblo para despedirle, el mismo viento bochornoso que lo esperó para saludarle cuando después de catorce años había vuelto la víspera del Carmen, el día que en su barrio marinero ultiman los preparativos para la kermés de las gentes de la mar.

Maringá se enteró nada más llegar a Venezuela de que estaba embarazada de nuevo, lo que causó una gran alegría en su marido, quien valoró de manera muy notable que su segundo hijo hubiese sido concebido en su pueblo y en el lecho familiar. Pensaba que era un sólido vínculo con su tierra y un buen augurio para el niño que iba a nacer y para toda su familia. El diecisiete de mayo vino al mundo un varón, el segundo de los hijos de la familia Abeledo Martín. Nació en la maternidad del sanatorio español de Caracas; cuando su padre solicitó a la recepcionista una conferencia telefónica internacional para dar cuenta a la familia de tan feliz acontecimiento, se cruzó otra llamada con la casa de Martín Martini. A la misma hora del alumbramiento encontraron al viejo Choco muerto, sentado en el banco junto al roble.

Al niño le pusieron de nombre Abel, pero su padre siempre le llamó Choco. Una vez más la muerte jugó una partida de póquer y le salió, al pedir cartas, el comodín de la vida.

Quería tanto a su padre que la alegría del nacimiento del segundo hijo no pudo mitigar el dolor que le produjo el fallecimiento de su progenitor. Pensó que la muerte bien podía haberse anticipado y que debía haberlo sorprendido una mañana de septiembre cuando él estaba sentado a su lado en el banco de piedra junto al roble. Si así fuera lo abrazaría prolongando el calor de su cuerpo, o negociaría con la muerte ofreciéndole una permuta de años vividos y por vivir. Tenía noticia de que la muerte entra a todos los envites y que no tiene mal perder cuando se la esquiva con artimañas honestas. Pero no pudo ser, y en el hospital español, sobre la maternidad, en la habitación que ocupaban Maringá y el pequeño Abel, se posó una sombra que oscureció la mañana y empañó de lágrimas tan fausto acontecimiento.

En realidad Chipirón no sabía por qué estaba llorando; al menos dos motivos provocaban aquel llanto tan sentido como sincero, y pensó, acaso ciertamente, que estaba llorando por él mismo y en el carro de los pensamientos venían los recuerdos que están desordenados en el árbol frondoso de la cabeza, y se vio gobernando el barco familiar, el *Remeditos,* con toda la mar anochecida y la luna nueva espiando el rumbo. Se vio virando a babor, avante toda, con el asentimiento del viejo patrón, y la última conversación se resumió en un adiós que entonces, al despedirse, no supo ni quiso interpretar, y le habló al pequeño Abel de su abuelo y de su estirpe, del pueblo donde había sido engendrado y del viento de la memoria, maldito viento que le trajo intacta la leyenda de los libros perdidos, de los libros navegantes, eternos peregrinos entre aguas en busca de un puerto donde recalar.

Y se lo contó a su hijo como quien canta una nana, seguro de que le estaba transmitiendo un secreto, algo que nunca podría olvidar, pues le contaron que lo que oye hablar un recién nacido el primer día de su vida no podrá olvidarlo mientras viva. Y hoy era el primer día de vida del segundo Abel de los Abeledo, y el primer día de muerte de su viejo, de su querido padre, barco varado con la proa buscando la mar para convertir su mirada en navegable.

Creyó Chipirón que las miradas que se pierden en el manto de agua de la mar guían a los libros errantes, viajan juntos hasta llegar a un puerto. Después, cada uno sigue su camino

Los dos hermanos crecieron y se educaron en el colegio español regido por los jesuitas. Renato, el mayor, estudió Leyes en la Universidad Católica; Abel, el Choco, se hizo economista en España, en Deusto. Para entonces Chipirón tenía licencia para todas las concesionarias de General Motors en Venezuela, con quince establecimientos; era licenciatario de la Fiat, conservando la marca original de Automóviles Martín; poseía dos hoteles en Caracas, el Galicia y el París, y había adquirido una pesquería y toda una flota pesquera en Cumaná, al frente de la cual estaban sus dos sobrinos, los hijos de sus hermanas, especialmente dotados para los negocios de la mar. Con Pesquerías Nueva Remeditos, que tal era la razón social de la industria marinera, Chipirón volvía a sus orígenes y rendía tributo a la memoria de sus antecesores.

Y por si esto parecieran fruslerías, debo añadir que el negocio más importante, el que enriqueció al señor Abeledo convirtiéndole en el rey de la chatarra, consistió en montar una red de desguaces sin competencia y exportar chatarra para las acerías de México y Estados Unidos.

Sus suegros pasaron los años finales de sus vidas en Italia, fieles a la historia previsible de emigrantes retornados con posibles. Maringá viajó frecuentemente a verlos y cada Navidad se reunía en Caracas toda la familia, la madre de Chipirón incluida, y la vida discurría sin sobresaltos y sin demasiadas trampas en los solitarios.

La melancolía modeló el carácter de Abel y se la transmitió, acaso por la magia de los genes, al hijo del mismo nombre. No faltaron un solo verano a la cita con el pueblo, compraron las dos humildes viviendas paredañas con la casa familiar, las remozaron en profundidad, pero nunca desertaron al barrio de los ricos. Mantuvieron, a pesar de la inmensa riqueza, una fidelidad tan rara como leal a una procedencia de clase menestral que a mí me pareció ejemplar, y Chipirón fue envejeciendo al lado de sus paisanos sin abdicar de su origen y manteniendo íntegro el ingenio y la simpatía que años atrás le había hecho acreedor del afecto de todos sus vecinos.

Renato se casó con una caraqueña que había sido miss Venezuela, y comenzó a distanciar las visitas al pueblo de sus padres. No ocurrió lo mismo con Abel, que desde muy joven comenzó a tontear con la hija de Carballo, un farmacéutico con botica en la esquina de la calle Mayor. Lisa, como su abuelo y como su padre, estudió farmacia, y algunos veranos después de aquel primer agosto y de la pandilla estival se convirtió en la esposa del doctor Abeledo, doctor en economía por la London Economic School y vicepresidente segundo de la Corporación Abeledo.

Abel y su esposa fallecieron precozmente al estrellarse su avioneta una noche de julio cuando volaban hacia el norte de Santander, una provincia medio desértica al sur de la nación de Bolívar. Aquel día los meteorólogos preveían viento del sur, el tórrido viento del sur. Al día siguiente, en el pueblo, en su pueblo, en el barrio, en su barrio, se celebraba la kermés de la Virgen del Carmen, patrona de los marineros. En el descanso de la verbena el vocalista de la orquesta leyó una nota anunciando el fallecimiento de la pareja. La sorpresa, la impresión fue tan grande que, como había ocurrido hacía muchos años, nadie bailó después del triste anuncio, de la esquela que leyó el cantante de la orquesta.

Abel había cumplido treinta años en mayo, y su mujer aún no había entrado en la treintena. Una semana más tarde tenían previsto iniciar sus vacaciones anuales en el pueblo de sus padres, en el pueblo de sus abuelos. Una semana más tarde se celebraron las exequias y dos urnas conteniendo las cenizas de los jóvenes esposos fueron depositadas en el panteón de la familia de Lisa.

La muerte de un hijo es insoportablemente dolorosa. Un agudo dolor embargó a don Abel y a doña Maringá, que no podían interpretar las razones de aquellas muertes; rechazaban que fuera el azar, o la casualidad, o la impericia de un piloto con suficientes horas de vuelo. La avioneta estaba prácticamente nueva, no existían causas claras para que la parca se cobrara las dos vidas. Pensaba que en algo habían fallado, que la felicidad, la buena marcha de los negocios y el éxito pagan alguna vez un peaje demasiado elevado. Don Abel y su mujer hubieran dado sus vidas para evitar que su hijo y su nuera desaparecieran, habrían cambiado su fortuna, vendido al diablo sus almas, aceptado una condena eterna a cambio de que volvieran a vivir.

Y el mundo, todos los mundos, el universo entero se desplomó sobre sus cabezas y una vez más la muerte, esa odiosa e inevitable protagonista, llenó de dolor las páginas de esta crónica. E imploraron a Dios para que volviera el sosiego, para ver el mundo con los ojos de su otro hijo, para agujerear la oscuridad y buscar el rayo de luz que tendría que llegar por ese angosto pasadizo.

Y se lo pidió a la Virgen Dolorosa, que tiene un camarín en la capilla tercera de la colegiata, y se dio cuenta de que la imagen tiene una daga clavada en el pecho que le parte el corazón. A Ella también se le había muerto un hijo, y Chipirón rezó como cuando era un niño por todos los hijos que la muerte arrebató a sus padres, y el dolor volvió a su memoria y notó un alivio, una brisa interior que se quedó en algún lugar cercano a sus latidos y refrescó sus sienes y su frente.

Después esperó a la noche sentado en el banco del viejo puerto junto al roble. Y el banco se llenó de ausencias y por la mar arribó la noche bajando el telón del cielo, que se cuajó de estrellas, y pasaron las horas despacio y en silencio; sólo la mar, lamiendo con un murmullo de olas la pared del muro con una precisa cadencia, hacía recordar al viejo Abel que estaba vivo.

De repente, aquella noche de agosto, la noche de San Lorenzo, miles de estrellas fugaces se suicidaron inundando la mar de luz.

Nadie lo buscaba pero todos lo esperaban; cuando volvió a la casa, se dejó arrullar por los brazos de su madre, retrocedió varias décadas atrás y se sintió niño, y le pidió a su madre que le cantara una canción que entonaba cuando era pequeño. Y ella se la cantó con voz mimosa, con ternura, y todos escucharon aquel canto que no era una melodía fúnebre, era un himno de esperanza, un bálsamo sonoro para la destrozada familia que, desde aquel mismo instante, comenzaba a inventar el futuro.

Renato todavía no les había comunicado sus planes de divorcio. Y era igual, porque no hay mal que por bien no

venga; la nuera venezolana, la espectacular miss Venezuela, nunca les gustó, ni ellos a ella.

Engreída y distante, dedicaba a su cuerpo, a estar bella,
más atenciones y cuidados que los que requería; vivía únicamente para ella misma, nunca renunció a las luces de la
vida social donde seguía brillando pese al paso de los años
que mediaban desde su reinado. No consintió en tener hijos que descompusieran su figura, y despreció todo lo que
ignoraba, que era mucho, incluido a su marido y su
mundo.

Renato decidió que era mejor para los dos solicitar el
divorcio; además, ya no la quería, era un elemento de-
corativo, un error de juventud que duraba demasiado
tiempo. Y en ello estaban cuando murió su hermano y su
cuñada; la miss no asistió al sepelio, y aquella noche, después de escuchar la vieja canción en la voz de su abuela,
Renato, hijo mayor y único a su pesar, dijo en voz alta que
se ocuparía en adelante del trabajo de su hermano en las
empresas, que tras su fracaso matrimonial regresaba al
hogar, a la casa grande donde creció, que sus viejos no se
iban a sentir nunca solos y que la memoria de la ausencia
de su hermano iba a empujar mucho más su compromiso y
su afecto.

—Usted, padre, ponga distancia en los negocios, vigí-
lelos y cuídelos, pero sin preocuparse; viajen los dos, madre y usted, quédense por temporadas en el pueblo,
aprendan a hacerse viejos poco a poco. Yo llevaré todo en
orden, con los primos y con el gallego Prieto. Toca descansar, mis viejos.

Y don Abel consintió y selló con un abrazo la nueva
etapa. Padre e hijo se fundieron en un abrazo dilatado que
tal vez se debían el uno al otro, y sucesivamente Renato
repitió la secuencia con su madre, con la anciana abuela,

con las dos tías y por último con sus primos, los hijos de Mar y de Salada, responsables de las empresas pesqueras de Cumaná y que desde ahora se ocuparían de integrar la dirección del grupo empresarial Abeledo.

El gallego Prieto era hijo de un canario que se exilió en Venezuela al terminar la guerra de España. Al acabar la carrera de economía se incorporó a las empresas de don Chipirón hasta convertirse en la persona de confianza del patrón. Hábil estratega, tenía un fino olfato para los negocios, o mejor dicho, para el dinero.

Animó a don Abel a emprender todo tipo de aventuras empresariales por muy arriesgadas que parecieran, y hacía muy buenas migas con los dos hijos de la familia, acaso algo mejores con Renato. La misma mañana en que se produjo el accidente del pequeño habían decidido comprar un pequeño banco, el banco de la Provincia, para convertirlo en una central de negocios que fuera la locomotora que tirara del resto de las empresas.

Con el gallego Prieto, futuro vicepresidente del grupo, existía una leal y franca complicidad tanto empresarial como personal.

Su padre, el original gallego Prieto, fue el profesor particular de cálculo e historia, fíjense qué mezcla, de los niños Abeledo. Don Abel lo conoció nada más llegar a Venezuela, se ofreció de contable a su suegro y con la aprobación y el aval de Chipirón trabajó de administrativo, de jefe de administración en las empresas de suegro y yerno. Al morir Franco, se retiró a sus amadas islas Canarias, de donde también era su mujer, y no sé si sigue por allí.

Doña Maringá y don Abel se quedaron en el pueblo hasta bien entrado noviembre, el mes de los difuntos. Con septiembre llegaron las lluvias de un adelantado otoño, y el sol se escabulló por la mar hasta nuevo aviso.

En el otoño el pueblo se viste de tristeza, cita la tarde a la noche con celeridad pasmosa, se ralentiza la vida, que parece siempre a punto de detenerse.

Las mañanas de otoño son de un gris pálido, la plaza de las galerías deja temporalmente de ser el centro y el viento teje bufandas de aire en el cuello del prócer de la estatua que la preside.

No se evita la lluvia, que tapa el paisaje con sus cortinas de agua, y los árboles del otoño desarman y desnudan impúdicamente todas sus ramas.

La hostilidad de la estación no molestaba a la pareja, que sintonizaba con el tiempo atmosférico su estado de ánimo. Doña Maringá aprendió a andar embozada y protegida bajo un paraguas, permanente aderezo para su primer otoño pueblerino. Pronto se convirtió en el motor de la casa, y su suegra la dejaba hacer. Su anciana suegra gustaba mucho del acento caraqueño de su nuera y de un sutil buen humor que no la abandonó ni en las ocasiones más dolorosas de su vida.

Suegra y nuera, contraviniendo las hipocresías del luto, iban diariamente al cine, afición que fue creciendo en doña Maringá, que acabó pocos años después por convencer a su marido para construir un cine muy cerca de la casa en que había nacido. Es el nuevo cine de la Pescadería, el moderno teatro Candilejas, que tiene en el hall un busto de la abuela Encarna.

La víspera de la partida, un dieciséis de noviembre, llegó a la casa de don Abel un paquete con su nombre. Un sencillo envoltorio ocultaba un libro: era *El contrato social* de Juan Jacobo Rousseau, en una edición de Espasa Calpe del año veintiuno. Un sello en la cubierta delataba su procedencia de la biblioteca pública. Rescatado de las llamas, algunas páginas estaban mínimamente lamidas por el fuego.

Una intensa agitación inquietó a Chipirón, que volvió a tener dieciocho años y cuatro camaradas esperándole en una esquina de la noche cuando soplaba fuerte el viento del sur, el viento de la memoria.

Y como si estuviera ante una legión de demonios susurró un «vade retro» que paralizó sus manos y le impidió abrir el libro.

Conocía que su viejo amigo y camarada Elías, aquel cascarrabias con quien no se hablaba desde el segundo viaje al pueblo, tras más de cinco lustros de emigración, había recibido un libro de Homero que medio lo había trastornado, y tras varios minutos con aquel otro ejemplar entre las manos, comenzó a leer, y leyó:

> ... La más antigua de todas las sociedades, y la única natural, es la familia, aun cuando los hijos no permanecen unidos al padre sino el tiempo que necesitan de él para conservarse. En cuanto esta necesidad cesa, el lazo natural se deshace. Una vez libres los hijos de la obediencia que deben al padre, y el padre de los cuidados que debe a los hijos, recobran todos igualmente su independencia. Si continúan unidos luego, ya no lo es naturalmente, sino voluntariamente, y la familia misma no se mantiene sino por convención.

Con ese prólogo, que se clavó en el cerebro de Abel Abeledo, la vieja pareja emprendió la vuelta a Venezuela. Tenían miedo a enfrentarse con lo que dejaron, no estaba claro en dónde estaba su lugar, cuál de los mundos tendrían que elegir para terminar sus días. Abel sabía que uno es de donde tiene sus muertos, y todos los muertos de Abel, abuelos, padre e hijo reposaban para siempre en el viejo camposanto de aquel pueblo que iba quedando atrás cuando el automóvil que los conducía al aeropuerto, cuando el taxi tomó la última curva y la ciudad se diluyó, desapareció, se quedó oculta en uno de los pliegues del paisaje, en uno de los pliegues de la memoria.

En el avión retomó el libro por el segundo capítulo, el que da cuenta de las primeras sociedades:

> Esta libertad común es una consecuencia de la naturaleza del hombre. Su primera ley es velar por su propia conservación; sus primeros cuidados son los que se debe a sí mismo; tan pronto como llega a la edad de la razón, siendo él solo el juez de los medios apropiados para conservarla, adviene por ello su propio señor. La familia es, pues, si se quiere, el primer modelo de las sociedades políticas: el jefe es la imagen del padre, el pueblo es la imagen de los hijos, y habiendo nacido todos iguales y libres, no enajenan su libertad sino por su utilidad. Toda la diferencia consiste en que, en la familia, el amor del padre por sus hijos le remunera de los cuidados que les presta, y en el Estado, el placer de mando sustituye a ese amor que el jefe no siente por sus pueblos...

Se durmió y soñó que él mismo, con sus manos, levantaba su casa junto a un río y un solitario árbol que daba sombra a las ventanas de mediodía; el río era muy ancho y parecía navegable, y en el medio, con las anclas echadas, aparecía en el sueño el *Remeditos,* la tarrafa familiar, el barco que mandaba su padre, el recordado Choco. En la popa, toda la familia estaba merendando. Sobre un mantel se podían ver las viandas, empanada de sardinas, chorizos del país, peras y naranjas, vino tinto, una jarra con agua fresca... su madre ordenaba a los más pequeños que no tocaran nada, todos estaban sentados en torno al mantel menos él y su padre, que se apoyaban en el roble del puerto viejo, el que está junto al banco de piedra y que por arte de los sueños, por la magia de los sueños, se había aupado a bordo.

El carballo era como un mástil fundacional y palo mayor de aquel barco que iniciaba una nueva singladura con la familia a popa. Toda una metáfora de las páginas leídas. Cuando madre comenzó a cantar, despertó Chipirón. El avión ya tenía a punto el tren de aterrizaje.

Venezuela le pareció un país extraño y ajeno, por primera vez se sintió extranjero en la nación que tan bien lo había acogido, pero la larga estancia en el pueblo descabaló el reloj interior de don Abel y comenzó a maquinar que aquella tierra no era la suya, que estaba allí de paso. Recordó nostálgico la memoria de sus suegros, que después de cuarenta años como emigrantes volvieron a morir a su Italia natal, el lugar en el que reposaban los despojos de sus antepasados.

María de los Placeres compartía íntegramente el discurso de su marido; ella, siempre callada, la ejemplar y abnegada esposa, tenía tres patrias y únicamente se sentía cómoda en el pueblo de su marido, en el que se avecindaron para siempre las cenizas de su hijo y de su nuera, decidiendo en qué lugar querían perdurar, permanecer integrados en la tierra hasta el final de los tiempos.

Ya sólo eran brisa, y el viento jugó con sus cenizas hasta que la lluvia las confundió con la tierra nutricia de los otoños.

Doña Maringá, doña María de los Placeres, viajaba con la memoria a los días en que sus hijos eran pequeños; regresaba al parque de los sábados y sentía de nuevo junto a su pecho el liviano roce de la cabeza de Renato o de Abel, iniciando un sueño vespertino. Y se asustaba porque pensaba que sus hijos ya no despertarían de aquel sueño, y en las mejillas de los niños se instalaba el rubor de las siestas, mientras que en su rostro asomaba la palidez del sobresalto.

Su hijo pequeño se marchó al territorio de las almas, al negro paraíso de los muertos en el que impera la noche, a la oscura patria de las tinieblas. Su querido hijo, su pequeño, estaba viajando con su mujer al universo de la luz, donde le esperaban sus abuelos y el afecto antiguo y familiar de los muertos conocidos, de las almas queridas de quienes los habían precedido en el viaje sin retorno.

Ella quería estar cerca de su hijo, sentía que la indefensión de Abel la reclamaba, sabía que la última palabra que pronunció antes de morir, cuando el avión cayó en picado y mientras se abrazaba a su esposa fue «mamá, mamá»; ella lo escuchó en el sueño pero no le dio importancia, reclamó su regazo, la última caricia de cada noche antes de subir el embozo de la cama, antes de apagar la luz de su cuarto, cuando los dos hermanos eran todavía niños.

Abel era su preferido, el más débil, el más cariñoso. Renato era fuerte y zalamero, seguro de sí mismo. Él solo podría llevar bien las riendas de los negocios de la familia, multiplicar las empresas; no la necesitaba. Con su marido en el pueblo, con sus cuñadas que la adoraban y con la magia del cine amparando la vida que le quedaba, paseando las tardes junto a la mar y velando el sueño eterno de su hijo muerto, animó a don Abel a cambiar su residencia, a delegar la responsabilidad empresarial, a volver...

Y volvieron, regresaron y abrió el libro, cien veces leído desde que llegó a sus manos, y Rousseau escribía en *El contrato social* que «el más fuerte no es nunca bastante fuerte para ser siempre el señor, si no transforma su fuerza en derecho y la obediencia en deber. De ahí, el derecho del más fuerte; derecho tomado irónicamente en apariencia y realmente establecido en principio. Pero, ¿no se nos explicará nunca esta palabra? La fuerza es una potencia física: ¡no veo qué moralidad puede resultar de sus efectos! Ceder a la fuerza es un acto de necesidad, no de voluntad; es, a lo más, un acto de prudencia. ¿En qué sentido podrá esto ser un acto de deber?...».

Abel recurría a la lectura de aquel libro cada vez que tenía que tomar una decisión, cada vez que tomaba, en las encrucijadas que el destino pone en medio de los caminos de la vida, una decisión que le obligaba a elegir la vereda a seguir.

Y decidió vivir en el pueblo, ser uno más de los vecinos, viajar dos veces al año a Venezuela e invertir una buena parte de los beneficios generados por sus empresas en el lugar donde nació, y así se creó la primera escuela de transformación del pescado fresco, así se levantó el moderno hotel Caracas, el primero de cuatro estrellas de los que hubo en la comarca. Con los recursos generados se libró de la ruina el monasterio del Salvador, una joya del gótico desamortizada por Mendizábal que fue totalmente rehabilitado por el Grupo empresarial Abeledo. Y pudo ver, poco antes de fallecer, cómo el presidente de la Comunidad, el ministro de Industria del Estado y su hijo Renato, acompañado por el embajador de Venezuela, inauguraban a pocos kilómetros de la villa la siderurgia que utilizaba los automóviles desguazados para reciclarlos en acero.

Para entonces, Abeledo e Hijo, la corporación Venegal, ya era titular y propietaria del Banco de la Nación, uno de los primeros establecimientos financieros de Venezuela.

Doña Maringá escribía las críticas de las películas que veía en el cine en el semanario del pueblo. Sería muy interesante reunirlas en un volumen. Al cine, después de la muerte de su suegra, que una tarde se quedó dormida en su butaca y ya no despertó, una tarde en que en la pantalla volvían a poner *Vértigo,* al cine la acompañaban sus dos cuñadas que, como ella, compartían una afición convertida en pasión.

Y al menos una vez por semana, aquella pareja que caminaba despacio hacia una apacible y serena vejez se acercaba hasta la sima de los libros perdidos, donde nunca faltaban grupos de muchachos que transmitían a quienes los escuchaban la leyenda de los volúmenes peregrinos, la leyenda de la flota de libros lisiados, estragados por el fuego y el agua, que decidieron navegar entre aguas, ocultarse visitando los territorios marinos, quedándose algún tiempo en los puertos secretos aún sin cartografiar en los mapas. Aquellos muchachos estaban esperando su regreso al igual que antes que ellos lo hicieran otros adolescentes del pueblo; montaban la vigilia conscientes de que la hora anunciada podría coincidir con su guardia.

Doña Maringá gustaba de escuchar la historia de los libros, que le resultaba inédita como si nunca la hubiese oído. Don Abel prometía como despedida a los muchachos su seguridad en la aparición de la flota ilustrada; estaba convencido de que el día del retorno estaba cercano.

Luciano, el gran embaucador, el más tramposo de los diablos ancianos, venía de incógnito a leer las páginas que yo estaba escribiendo. Sabía que estaba detrás de mí, mirando fijamente el ordenador, y aunque no lo podía ver, notaba su aliento de azufre en mi cogote, percibía cómo asentía cuando, para novelar las vidas ajenas, transcribía alguna de las notas que personas cercanas a mi amigo Luciano me habían facilitado.

Después de estas ocasionales visitas secretas, que no tenían el registro del afecto, el Maligno me enviaba una tarjeta postal desde algún lugar remoto. Y esas tarjetas, que fueron muchas, al menos una por cada una de las páginas de este libro, se esfumaron cuando las necesité, nunca aparecieron.

Llegué a pensar que todos los paisajes fotografiados, todos los mensajes sin remitente que llegaban a mi casa con la dirección correctamente escrita, eran producto de mi enfermiza imaginación o, cuando menos, un truco, uno de los trucos usados por el gran manipulador, el prestidigitador de los espíritus, Luciano Bello, el último de los diablos de la vieja escuela destinado en misión especial en mi pueblo y que ya hace muchos años me reveló su identidad y me regaló su amistad hasta el final de nuestros días.

El pueblo estaba transformado. Crecido, multiplicada por dos su población desde las lejanas fechas de la guerra civil. En los veranos, la moda de las vacaciones, la democratización del ocio convirtió al pueblo en un destino turístico que atraía simultáneamente a miles de personas. La franja costera y los arenales del norte eran auténticas ciudades residenciales con las primeras líneas de playa cuajadas de hoteles.

Fuera de la estación vacacional, el pueblo, el casco antiguo, poco se parecía al de mi niñez. La calle Mayor y la parte vieja del malecón eran eminentemente comerciales. La plaza seguía acogiendo como antaño las grandes manifestaciones culturales y los eventos cívicos. En la media docena de plazas y plazuelas que adornaban el pueblo ya no se celebraban los mercados agrícolas que recordaban su origen campesino. La parte alta estaba sembrada de bares y establecimientos de hostelería, de restaurantes y de figones; la ribera, el muelle de los pescadores y la dársena, el muelle viejo y el paseo marítimo y su prolongación recientemente concluida eran las aceras de la mar. Una marina coqueta en el muelle del poniente custodiaba los barcos y los yates heredando la tradición ampulosa del viejo club náutico.

Era la capital natural de la costa norte; creció y progresó y además del turismo que modificó las costumbres, la oferta industrial consolidó muchos puestos de trabajo, y en ello tuvo mucho que ver don Abel Abeledo, que instaló la compañía siderúrgica, locomotora industrial que fue tirando de los vagones del desarrollo.

Don Abel gozó de su reincorporación como vecino bastantes años. No participó nunca de la vida pública, fue una persona suficientemente conocida como para ejercer un anonimato ejemplar. Su remota experiencia como falangista supuso un arrepentimiento vitalicio y cotidiano. Todos los días de su vida un escalofrío nocturno le recordaba la noche en que cinco camaradas del partido que iba a cambiar España quemaron la biblioteca municipal.

Él era uno de ellos y no hallaba expiación para aquella culpa, para aquel delito. Nunca logró olvidar aquella infausta noche. Estaba cauterizada la herida pero seguía vigente la memoria, la misma memoria que le impedía participar de forma activa en las instituciones locales.

El libro rescatado, *El contrato social*, regulaba muchas de las actuaciones de don Abel.

Quien hace la ley sabe mejor que nadie cómo debe ser ejecutada e interpretada. Parece, pues, que no puede tenerse mejor constitución que aquella en que el poder ejecutivo esté unido al legislativo; mas esto mismo es lo que hace a este gobierno insuficiente en ciertos respectos, porque las cosas que deben ser distinguidas no lo son, y siendo el príncipe y el soberano la misma persona, no forman, por decirlo así, sino un gobierno sin gobierno. No es bueno que quien hace las leyes las ejecute, ni que el cuerpo del pueblo aparte su atención de los puntos de vista generales para fijarla en los objetos particulares...

La lluvia era una constante, formaba parte del paisaje local y apenas perturbaba el devenir diario de los vecinos que, estoy convencido, tenemos rasgos anfibios de nacimiento, los años que don Abel, que el señor Chipirón pasó en el trópico, añoraba nostálgico la fina lluvia de los veranos, la intensa lluvia pertinaz y obsesiva de los inviernos, la lluvia y los olores que traían prendidos los vientos, aquel olor familiar del viento de la memoria que llenaba del aire de la infancia, las alcobas de los recuerdos y el olor dulzón del viento del sur, puntual a mediados de julio y que se confundió con el olor de los libros quemados y del agua salada usada para apagar el incendio.

En el territorio de los olores permaneció el aroma de julio que incluso viajó con el viento de la memoria, con la memoria del viento a los lejanos pagos venezolanos buscando y encontrando al señor Chipirón, a don Abel Abeledo.

Cada mañana, haciendo suya la costumbre paterna, acudía a sentarse en el banco de piedra que está junto al roble, y en silencio dejaba que su mirada se perdiera más allá de la línea del horizonte navegando los recuerdos a caballo de las olas. Eran sus momentos más felices; imaginaba a doña Maringá todavía moza, jugaba a volar cometas en Isla Margarita con sus dos hijos pequeños, escribía cartas de amor desde los domingos caraqueños, cartas por encargo que daban cuenta del bienestar de quienes las remitían; se veía probando en el sastre su primer traje blanco hecho a medida, y discutía cordialmente con el costurero catalán el precio final del terno que iba a estrenar el día de su boda.

Don Abel se fue haciendo viejo sin enterarse. Era un anciano que dejó perder la curiosidad, que fue una de sus características. Doblaba el periódico sin leer en el banco para que otro viejo pudiera aprovecharlo y comenzó a morirse, a dejarse arrullar por la muerte que en numerosas ocasiones lo acompañó en su silencio matutino sentada junto a él en el banco de piedra, a la sombra del carballo, del roble centenario.

Don Abel no le daba conversación cuando la dama de blanco preguntaba y seguía tenaz demandando datos. La muerte es inoportuna y resulta en demasía caprichosa. Una vez don Abel respondió a la parca por boca de Juan Jacobo Rousseau y seleccionó un pequeño texto de *El contrato social* para rebatir a la vieja dama que sostenía teorías peregrinas acerca de la pena capital:

> Quien quiere el fin quiere también los medios, y estos medios, señora muerte, son inseparables de algunos riesgos e incluso de algunas pérdidas. Quien quiere conservar su vida a expensas de los demás debe darla también por ellos cuando sea necesario...

Sorprendida, la muerte tardó varias semanas en volver a sentarse junto a don Abel.

Recibió puntual visita, por la Navidad y durante las festivas jornadas del verano, de su hijo Renato, que en cada viaje traía a su anciano padre el regalo de una nueva empresa que se integraba en lo que ya era la primera corporación industrial de Centroamérica y que daba trabajo a centenares de muchachos del pueblo que realizaban el camino inverso al de don Abel.

El último día del año, la mañana de San Silvestre, Renato fue a buscar a su padre para acompañarlo a la casa, pues ya el almuerzo estaba dispuesto en la mesa. Acudió al muelle viejo, al banco de piedra junto al roble centenario. Lo encontró muerto, permanecía sentado y su cuerpo aún estaba caliente, pudo ver Renato cómo una sombra se adentraba en la mar. Era la muerte, que continuaba su camino.

No se recuerda en el pueblo entierro más numeroso.

En la mesa de noche, en medio de las páginas del libro que lo acompañó en los últimos años, entre las páginas del libro de Rousseau, sobresalía un abultado sobre cerrado destinado a Renato. En las cuartillas que contenía estaban algunas de las instrucciones precisas, de las últimas voluntades que no recogió el testamento. La mayoría de ellas estaban referidas al pueblo, el viejo Chipirón quería perpetuar su memoria para que no se diluyera en el viento, y reparar viejas injusticias. Renato acataría fielmente el postrero de los mandatos paternos, daría cumplida cuenta de todos sus deseos. Pero esta crónica deja para dentro de algunas páginas el relato que cuenta cómo se hizo realidad el legado del viejo emigrante.

Doña Maringá, doña María de los Placeres, perdió la cabeza al poco de fallecer su marido, y lo sobrevivió sólo un par de años. Le faltaba la mejor de sus dos mitades, la muerte de su esposo fue una amputación violenta, él era sus ojos y su palabra, su razón primera y su porqué postrero, la fuente que saciaba su sed, todos los amaneceres estaban en su lecho y la orfandad de caricias, la ausencia de dos miradas que se buscan para encontrarse, desordenó su cabeza y fue un juguete del viento de la memoria.

Siguió yendo al cine con sus cuñadas, pero veía siempre la misma película, la misma cinta, los desordenados fotogramas de toda una vida que se fueron archivando en el caótico laberinto de su cabeza.

En uno de los escasos paseos, coincidiendo con el buen tiempo en los meses en que los días crecen ganándole la batalla a la noche, doña Maringá se cayó en el puente que hay sobre la ría y se partió una cadera. Ya no salió del hospital. La muerte la encontró allí mismo.

Renato mandó construir un panteón en el cementerio. Trasladó allí la urna que contenía el puñado de cenizas de su hermano y su cuñada, lo que quedó después de esparcirlas, y los restos de sus padres. A mí me parece que fue levantado con un dudoso gusto, al estilo de los de los ricos americanos.

6

Elías no acudió al entierro de su antiguo camarada, evitó coincidir con él desde que Abel volvió al pueblo. Habían tenido hacía años una larga conversación que duró toda una tarde. Nunca más se volvieron a ver, dejaron de hablarse. De niños y de mozos fueron uña y carne, grandes amigos y camaradas modélicos cuando se constituyó en el pueblo la delegación local de Falange Española.

Nunca supe qué les pudo ocurrir, ni de qué temas trataron en aquella conversación. Elías todavía vive. Es una sombra de sí mismo. Él y Abel eran de la misma edad.

Quien sí asistió al entierro fue Luciano Bello. Vestido con su inefable traje de príncipe de Gales, manifestó su pesar al hijo y demás familiares del difunto. El embaucador Bello sentía una indisimulada simpatía por el viejo emigrante.

El diablo es una persona estrafalaria, de él se esperan las más extravagantes reacciones y en el fondo es un sentimental que se comporta según dictan sus emociones, que como es bien sabido están vetadas a la tropa diabólica.

Pero mi amigo es especial, se salta a menudo la disciplina que dictan sus superiores demoníacos y se ampara y justifica cobijándose en su rango y estirpe de descendiente directo de Luzbel, el ángel más querido por el Sumo Hacedor y promotor de la rebelión celestial que culminó con la primera guerra civil de la que se tiene memoria, motivando que el ejército de ángeles derrotado fuera expulsado a las tinieblas exteriores.

Por esa razón a los perdedores se les restringieron las libertades y les fueron prohibidos los sentimientos. La experiencia le bastó al gran tramposo para aprender a fingir las emociones. Aunque yo creo que, menos llorar, todos los sentimientos de los hombres fueron creciendo a la vez que Luciano envejecía. Conmigo aprendió el valor de la amistad, y no es por presumir, pero yo comprendí a la vez la importancia de los afectos de la mano de un demonio.

A veces pensaba que mi amigo Bello era una invención mía, quizá una secuela producida por el accidente de automóvil, una concesión de la imaginación, una consecuencia literaria del oficio de periodista y de mi vocación de escritor. Pensaba que la persona del diablo era un personaje de mis novelas no escritas, porque nadie más que yo podía verlo.

Y aun formando parte de mi familia afectiva, ni mi mujer ni mis hijos tenían constancia alguna de su existencia. Cuando salía en mis conversaciones, un silencio censuraba su nombre y nadie me escuchaba mencionarlo. Cuando dudaba de que fuera un ser real, salía a la calle principal de mi ciudad y sentado en una terraza esperaba a ver pasar a un hombre o a una mujer que tuvieran escrito en su rostro una muerte cercana. Cuando se cruzaban ante mí los vigilaba hasta saber quiénes eran, y durante una semana aguardaba que la muerte los visitara. Así comprobaba que el don adivinatorio que me concedió el diablo se mantenía vigente, como vigente seguía Luciano Bello, el más veterano de los demonios destinado en la cristiandad, embaucador de gentes, tasador de almas, campeón continental de billar a tres bandas y de fantasía.

Me llamó, se coló en las llamadas perdidas de mi teléfono móvil para citarme en la cafetería que está frente a mi casa. En el momento en que yo estaba entrando por la puerta del bar podía verle a la vez que escuchaba su voz por el pequeño auricular. Nos sentamos en una mesa y comenzó una de sus larguísimas conversaciones. Cuando cerró la cafetería yo había tomado seis cafés con sus respectivas copas de aguardiente del país.

Bello aportaba documentación complementaria de la vida de don Abel que no era de mi interés y nada añadía a este libro. Estaba extrañamente metódico en el planteamiento de la conversación, lo que me sorprendió, pues una de sus características era el caos anárquico que iba pasando por encima de los temas sin detenerse en ninguno, consecuencia de no comunicarse con los seres humanos y habitar el territorio del silencio. En cada vida sólo le estaba permitido hablar habitualmente con una persona, y en su última estancia en la tierra yo era el elegido. Además iba a dejar constancia expresa de su paso por el mundo en el libro que estaba escribiendo para que no se perdiera en la memoria del viento la crónica del incendio intencionado de la biblioteca municipal la víspera de la festividad del Carmen, el mes en que estalló en España la guerra civil, ya va para setenta años.

De esta forma, Luciano Bello iba a alcanzar la inmortalidad de los humanos y su recuerdo sería colocado en las estanterías de las bibliotecas y su vida conocida por los lectores de este libro.

Conocía —los demonios tienen intacto el archivo de la memoria— todas las páginas que iba escribiendo; en su cabeza estaba el disco duro de mi ordenador, e iba consintiendo y tolerando la noticia de sus andanzas. Gustaba de que le llamara embaucador y tramposo, pues eran dos adjetivos con los que estaban de acuerdo sus superiores y constituían rasgos característicos de su condición de diablo.

La descripción de mi visita al infierno con él como anfitrión y guía era el pasaje que más le complacía de todo el libro. La cita con el pretexto de profundizar en la vida de Chipirón era para tener más protagonismo en mi crónica. El diablo quería hablar de sí mismo y yo transcribir lo contado.

Llevaba demasiado tiempo en este mundo, y aunque no tenía familia en los países inferiores del extramundi, se envenenó con el mal de la nostalgia y echaba de menos los paisajes yermos del Infierno, la camaradería con los otros diablos que ya rindieron viaje y fueron debidamente relevados de sus tareas en el mundo de los vivos.

Miembro de la primera generación de ángeles caídos, había visto a Dios en la batalla, subido al carro de fuego del profeta Elías, cuando era un joven soldado en la retaguardia del séptimo de los cielos. Perteneció a la guardia de honor de Luzbel, que eligió a sus ángeles protectores por su belleza y su lealtad. Luchó en el gran ejército negro de Satán con la primera legión de arcángeles rebeldes, el ejército blanco que se escindió primero de los leales al Creador y luego vagó errante durante seis milenios por disentir de la tiranía de Belcebú.

Cuando se unificaron las Fuerzas del Mal, se integró en el servicio exterior de propaganda y agitación y fue destinado al mundo de los humanos para captar almas con las que reponer las mermadas huestes demoníacas.

Castigado en dos ocasiones y condenado a pasar un milenio en un campo de reeducación diabólica por dejarse convencer por los hombres y provocar el nacimiento de la ternura y la piedad en su corazón, que debería albergar únicamente el mal, sus superiores prorrogaron su residencia temporal en la Tierra. Aquí estaba desde que hace dos mil años fuera el responsable de provocar el trueno y oscurecer el mundo la tarde en que Jesús de Nazaret agonizaba en el Gólgota crucificado entre dos ladrones.

Inmediatamente después de causar prodigio tal que se recuerda cada año en Viernes Santo, fue destinado con carácter permanente al continente europeo. Frecuenta los países cálidos del sur, pues es conocido que pese a no afectarles las temperaturas meteorológicas, pese a no sentir ni frío ni calor, los demonios son por lo general muy frioleros, y don Luciano no era una excepción y menos ahora, que por su edad podía ser considerado un anciano.

Amaba la lluvia, por eso estaba tan cómodo en el pueblo, donde caía agua del cielo con más frecuencia de la que deseaban quienes en él vivían. En el Infierno nunca llueve; la lluvia está prohibida terminantemente porque el agua es antagónica con la leyenda de fuego que da mala fama al Infierno y que ya he desmentido anteriormente. Agua y fuego son desconocidos en los infiernos.

Amaba la lluvia, los territorios del agua y a sus habitantes. Los climas moldean el carácter y la melancolía, que era un sentimiento admirado por el diablo, brotaba en los corazones de los hombres que poblaban las tierras del poniente, los verdes territorios del norte en el sur de Europa.

Tenía ciudades favoritas, preferidas, su particular atlas. Ciudades donde disimuló, por razones de oficio, sentimientos cercanos al amor.

En el siglo dieciséis, como responsable de una delicadísima misión que tenía por objeto confundir al Vaticano y al mismísimo Papa de Roma, tuvo que simular un enamoramiento con una joven doncella de la nobleza florentina.

La historia acabó mal y mandaron replegarse a los seiscientos sesenta y seis diablos que fracasaron en el empeño.

Lo recordaba con nostalgia de fracasado, y después de un largo silencio se confesó un perdedor.

—¿Qué es el amor? —me preguntó misterioso.

Para salir airoso de la pregunta le contesté con una respuesta almibarada, cursi a todas luces, diciendo que el amor es la más intensa de las pasiones que nacen en el corazón de los hombres y de las mujeres. No le satisfizo mi razonamiento.

—He conocido pasiones intensas que nada tienen que ver con el amor. Centenares de seres humanos me vendieron su alma a cambio de ambiciones apasionadas. El poder, la envidia, la codicia e incluso la venganza son, según he podido comprobar, pasiones más intensas que el amor. A nadie he conocido que pusiese a mi disposición su alma, que aceptase ser condenado para toda la eternidad por el amor de una mujer, por el amor de un hombre.

»El poder es la pasión de las pasiones. Por el poder los hombres declaran las guerras, matan y mueren y a veces supe que con el poder viene el amor. Amores de conveniencia que son, al fin y al cabo, el mejor sucedáneo del amor. Muchas veces hice esa pregunta, pero ninguna respuesta me ha convencido.

Casi como disculpándome le conté cómo me había enamorado, esforzándome en ser preciso en mis palabras:

—Sólo dos veces sentí el amor. Me enamoré en dos ocasiones; la primera duró lo que dura un verano, los dos éramos muy jóvenes. Rosalía llegó al pueblo cuando agosto se anunciaba en los almanaques, fue un amor de adolescentes que surgió cuando se encontraron nuestras miradas, que inicialmente buscaban otras direcciones. Se instaló en mi pensamiento y ella fue mis días y mis noches durante todo un mes. Deletreé un «te quiero» que salía de mi boca directamente desde mi corazón, y cuando se marchó con septiembre un cuchillo se clavó en mi pecho perpetuando su recuerdo. Nunca llegaron sus cartas, nunca contestó a las mías, jamás he vuelto a verla, pero aún hoy podría describirla en todos los detalles de su cuerpo, rememorar su forma de caminar, imitar su risa, que era el manantial de donde nacían todas las fuentes, repetir en mi voz su acento del sur, inventariar los vestidos que se puso aquel verano.

»Recuerdo con nitidez todas las conversaciones que mantuvimos, las repetiría ahora mismo y estoy viendo cómo le pedí al alba que no descorriera la cortina de la noche en el amanecer de su despedida.

»Cuando se fue, el amor se convirtió en tristeza. Rosalía fue mi gran amor, con ella descubrí el dolor adulto y nunca pude enamorarme como la primera vez.

»Busqué a Rosalía en todas las mujeres que conocí después; era mi canon y mi modelo, era mis dudas y mis certidumbres. Ninguna piel fue su piel, no hallé su mirada en ninguna otra y su risa siguió sonando por mucho tiempo en mi cabeza. El amor fue una búsqueda detrás de una quimera hasta que una tarde se sentó en mi mesa. Esperaba a una persona que no se presentó; ella leía un libro que yo sabía de memoria y en voz alta le recité la primera frase de la página que estaba leyendo. Y Proust se sentó con nosotros y nos fue contando durante tres tardes en Compostela *Por el camino de Swan,* y comenzamos a correr juntos en busca del tiempo perdido.

»Fue un amor pausado; nos estábamos enamorando conscientemente pero no quisimos darnos cuenta. Fue una pasión leída, de lecturas comentadas, un amor libresco; nos confundíamos con los personajes de todas las novelas que admiramos y nos estuvimos amando sin encontrar nuestra propia historia. Vivimos amores prestados, pasiones ajenas y un día, recuerdo que nevaba, nos aisló la tormenta en un pueblo con una sola fonda que únicamente disponía de una habitación libre. Nos acostamos juntos y en aquella cama estuvimos solos. Fuera quedaron los personajes de los libros, y en aquel cuarto supimos que estábamos profundamente enamorados, y mi primer amor se convirtió definitivamente en un personaje de un libro no escrito.

»Nos casamos un año más tarde y aquel cariño original fue creciendo, se hizo elástico cuando vinieron los hijos y evolucionó hasta encontrar la serenidad de los adultos que se niegan a archivar las pasiones, porque vivir con Julia es una pasión plena de inteligencia, llena de preguntas nuevas que no pierden el norte de un constante ejercicio de curiosidad. No sé si he sido feliz en el amor ni me preocupa saberlo. La felicidad propia es una trampa en los valores de los otros, la gente feliz es gente inconsciente.

—Todo lo has dicho tú, pero si algo añoro es haber podido enamorarme, conocer el amor de primera mano, por mí mismo, el gran amor de un hombre y una mujer, el amor tradicional, el amor como vulgaridad, el que no se analiza ni admite pretextos. El amor, me dijo un poeta, es una ráfaga de viento que te envuelve, es la más poderosa de las tormentas, es volverse loco sin dejar de estar cuerdo, y nunca he podido comprobarlo, porque de donde yo vengo, a los naturales del intramundo, les están prohibidos los sentimientos.

El diablo estaba comunicativo; a la tercera copa de aguardiente ya se me trastabillaban las palabras y Luciano reía mis incoherencias. Tampoco podía emborracharse ni disfrutar de la comida, pues al igual que los ángeles, los diablos son espíritus puros.

Toda su vida era una simulación; parecía que comía pero era una farsa, expresaba dolor o alegría y era la máscara quien representaba un papel como en el teatro, y hoy tenía necesidad de contarme los pequeños secretos de su trayectoria Era su único y último amigo y hasta que yo muriera no iba a finalizar su misión terrenal. Cuando yo me convirtiera en tierra, en polvo y ceniza, él se transmutaría en aire, en brisa y en viento y su memoria viajaría a los territorios del averno para encontrarse con la paz de los suyos.

No conocía la fecha de mi muerte ni la de su jubilación. Era el único dato que le hurtaron sus superiores para que no pudiera hacer trampas adelantando o posponiendo a su antojo, según su caprichosa conveniencia, el día y el mes, la hora y el año de mi tránsito. Le sería comunicada una hora antes de producirse el óbito.

En la cafetería, una madre daba la merienda a un hijo de corta edad.

—Si toma la leche en menos de cinco sorbos, lo salvo —dijo el diablo mirando para la pareja.

El niño bebió el vaso de leche de un solo sorbo.

—Muy bien, muy bien...

Continuó mirando al niño, escuchamos un frenazo y supimos que el coche que lo produjo atropelló a una anciana que cruzaba la calle indebidamente y los golpes recibidos le causaron la muerte. Ese automóvil estaba programado para atropellar, para matar al niño que asombrado miraba por la ventana cómo la gente se arremolinaba en torno al automóvil y a la anciana fallecida. Era un alarde de los poderes del gran urdidor, de Luciano Bello, de profesión diablo embaucador.

—Durante estos dos últimos siglos pasé gran parte de mi tiempo en los cafés, que son el mejor lugar para hacer negocios. Antes, los psicólogos se llamaban fisonomistas, y yo me he fijado mucho en los gestos, en los tics, en los rasgos de las personas, en cómo visten, en lo que beben, en cómo hablan y se ríen, de qué manera miran, cómo se ocultan de otras miradas, quiénes son sus amigos, si hablan para otros o si escuchan... todo esto te muestra quiénes son y cómo son de vulnerables. Raras veces me he equivocado cuando en los cafés me he dirigido a muchos hombres para poner precio a su alma.

»Nunca me han interesado los angustiados, las personas timoratas, las que mantienen la duda como eje vertebrador de su vida y sus ideas; nunca me interesaron las personas a quienes les sudan las manos, las que bajan los ojos al saludar, los que hacen de la política su bandera.

»Nunca me equivoqué con los orgullosos, los pagados de sí mismos, los poetas y los novelistas, los curas descreídos, los rentistas, los que se dan golpes de pecho y se olvidan de la gratitud debida, los que se escandalizan, los que hacen de la mentira ley de vida.

»Y mis mejores aliados en este siglo han sido las personas que visten un traje príncipe de Gales. Yo uso esta prenda porque se la gané a un sastre inglés que se creía buen jugador de billar. Se la gané en una partida a tres bandas en un casino de Cardiff. Yo gastaba levita y vestía con ropa oscura, me tocaba con un sombrero bombín. Resultaba anacrónico. No volví a usar aquella ropa; hace setenta años que visto este terno de excelente calidad, este traje príncipe de Gales cosido con un corte de Tamburini que me sirvió como coartada para buscarme una profesión que me permitiera ir de un lugar a otro sin levantar sospechas y que evitara incómodas preguntas. Está como nuevo.

—¿Los diablos pueden tener sueños?

—Tenemos prohibidos los sentimientos, pero desconocemos los sueños. Cuando nos programaron se olvidaron de proveernos de la caja de los sueños, que debe de ser algo parecido a la linterna mágica, al cine. Nosotros no soñamos, pero podemos ver los sueños ajenos, los de los hombres. Cuando los pecados básicos, los pecados esenciales y capitales enseñan la maldad a los hombres, nosotros manipulamos sus sueños, perturbamos sus ensoñaciones, creamos las pesadillas y los sueños que no tienen un final feliz; sueñan los jóvenes y hasta que sois viejos, los ancianos no sueñan, sólo recuerdan. Yo he apresado muchos sueños, todos tenían que ver con la codicia, con la ambición; me dieron pistas para capturar sus almas.

—Ya te he preguntado por qué el mal es vuestra razón existencial.

—El mal es un invento vuestro, sois vosotros los que ejercéis la maldad; nosotros, los diablos, sólo la tutelamos, somos el apoyo que necesitáis. Los diablos somos los testigos, los espectadores, a veces los cómplices, pero es el hombre y su libre albedrío el que propaga el mal. Nunca un demonio mató a otro demonio, y cuenta vuestra propia historia que cuando sólo existían sobre la Tierra cuatro seres humanos, un hermano mató a otro, Caín asesinó a Abel y su sombra homicida, la sombra del mal, se proyectó sobre toda su estirpe.

»Nosotros no somos los malvados, somos perdedores, y el castigo que sufrimos nos condenó a proteger el mal; si éste desapareciera de la faz de la Tierra nuestra existencia no tendría sentido, pero no te olvides nunca de recordar que las desgracias, las catástrofes y las guerras las provocan los hombres. No debes olvidar que cuando Yaveh expulsó a Adán del paraíso lo condenó a vivir con el sudor de su frente, al trabajo y a la enfermedad. Nosotros somos los guardianes, vigilamos porque esto se cumpla a rajatabla.

»Espero que entiendas ahora por qué no tenemos sentimientos. Yo no siento dolor alguno por la muerte evitable de un inocente. La maldad está en la propia esencia de los hombres, en el origen de vuestra especie; las culpas hay que buscarlas entre vosotros, la nuestra es una leyenda negra exagerada por el peso que la religión tiene en los humanos. Si lo vuestro es maldad, lo nuestro es disciplina.

»Nadie ha contado aún las consecuencias de nuestra derrota. Nosotros estamos legitimando la existencia del bien, su propia concepción, es vuestro dios quien tolera el sufrimiento, quien calla con su silencio eterno, quien tiene la clave de la misericordia para procuraros la salvación.

»Nosotros somos una mínima legión, una nimiedad al lado de las fuerzas del bien, lo que ocurre es que con mucha frecuencia los humanos se ponen de nuestro lado.

»Te voy a revelar un secreto que no desvelé nunca: nuestro ser supremo nos enseñó a distinguir a las personas que sufren las injusticias, a los pobres de los ricos, a los generosos de los mezquinos, a los que comparten su miseria, a los hombres que explotan a otros hombres, a los que agreden a la naturaleza y cambian el cauce de los ríos, a las madres a quienes el hambre secó sus pechos, a los que en el nombre de Dios atropellan a los pueblos.

»Esta distinción nos impide acercarnos a los pobres y a los generosos, a los inocentes y a los explotados. No son nuestro objetivo. De ellos hemos aprendido los caminos tortuosos del dolor que nos contaron, del displacer, con ellos hemos conocido los senderos angostos de la maldad en sus antagonistas.

»El primero de los amigos que tuve en la tierra me regaló la traición denunciándome ante la curia. En el año mil doscientos yo fui quemado en una plaza pública del sur de Francia; aparentemente era un brujo que convocaba el sabbat, el aquelarre al que asistía Belcebú. Mi amigo me delató; la maldad era su condición y de nada sirvió el afecto y la lealtad, de nada sirvieron mis enseñanzas para convertir el plomo en oro, ni mis dotes adivinatorias para encontrar tesoros ocultos. Pensó que podía eliminarme, hacerme desaparecer en la hoguera... Ingenuo.

»La noche de mi aparente desaparición, me presenté junto a su lecho y le pregunté los motivos de su denuncia si yo con mi amistad le proporcioné prosperidad y bienestar y nada le pedí a cambio. No pudo contestarme porque enmudeció con el susto. Con la mudez perdió el rumbo que dirigía su cabeza y deseó la muerte.

»Mi castigo fue la pena de vida, lo condené a vivir y borré la fecha de su fallecimiento. Durante dos siglos deambuló por las puertas de las ciudades de Francia, asustando a niños y doncellas con sus aullidos desgarradores. Su pecado fue la ambición; su error, la traición, que es una de las grandes maldades, de las mayores perversiones de la humanidad.

Ya nadie permanecía en el café, los camareros cerraron la cafetería y una luz tenue iluminaba el velador. Continuamos sentados el uno frente al otro, la botella de aguardiente del país estaba vacía, las agujas del reloj que presidía la barra se habían detenido. Estaba fuera del tiempo, era la misma sensación que tuve cuando se produjo mi accidente de coche y acompañé a Luciano Bello a los infiernos. Me avisaba de que me guardara de traicionarle, me estaba pidiendo que fuera fiel en mis afectos y que preservara nuestra amistad. Nunca lo vi tan serio. En aquel bar noté por vez primera que Luciano Bello era un anciano.

Lo delataban las pecas de las manos, las arrugas en su rostro que no quiso disimular, su viejo traje raído que con aquella luz cenital que se proyectaba sobre el velador dejaba ver las manchas que el tiempo tatuó en los cuadros grises y azules del terno príncipe de Gales.

—¿Estás cansado, Luciano?

—Cansado de vivir, cansado de contar siempre la misma historia, de mentir a las mismas personas. Querido Román, las gentes que conocí han sido siempre el mismo hombre, cambiaban los siglos y con ellos se repetían las personas. Llevo todo el tiempo desde que el mundo es mundo insistiendo en la misma cantinela, ofreciendo lo que no tengo a cambio de lo que no me dan, y estoy cansado. Esta noche no quiero aparentar lo que no soy, dejo que me veas como el anciano que hubiera sido si viviera una larga vida en la tierra. Debo decirte antes de irme, antes de que los dos nos vayamos, que sólo te tengo a ti, y que tú eres el encargado de dar noticia en este libro de mi existencia.

»Cuando supe que estabas obstinado en contar quiénes quemaron la biblioteca municipal de tu pueblo eras todavía un muchacho, y te elegí para que llevaras a buen fin tu empeño. Yo he sido tu ángel de la guarda y escribí las líneas maestras de tu vida sobre el tapete verde de una mesa de billar. Fue una de las carambolas más bellas que hice nunca. Jugaba sin trucos utilizando la experiencia de anteriores partidas; yo te elegí y tú te diste cuenta.

»Desaparecí de tu vida dejando que fueras tú quien la construyeras a tu modo, pero nunca me aparté de tu lado. Siempre regresaba y juntos haremos el último de los viajes.

»Alguna que otra vez pensaste que yo era producto de tu imaginación porque nadie podía compartir contigo mi existencia. Otras veces te di miedo y pensabas que yo te colocaba en la frontera de la locura; un paso al frente, meditabas, y ya no habría solución. Leía tus pensamientos y regresaba para tranquilizarte. Cuando ya no estemos entre esta gente, alguno de los tuyos, quizá el mayor de tus hijos, encontrará la caja de zapatos donde guardabas las tarjetas postales que te iba enviando y que nadie más vio nunca.

»Nuestra amistad es firme y por mi parte interesada. Guié otras manos para escribir libros que siempre me evitaron; no es tu caso: te dejo hacer aunque lea todas las líneas de tu texto, aunque, como tú dices, yo esté siendo parte esencial del disco duro del ordenador donde recoges mi memoria, una memoria etérea y descabalada, la memoria del viento que trajo y llevó mi vida, todas mis vidas.

»Cuando Dante escribió la *Divina Comedia,* fui encargado por mis superiores de realizar el viaje en la barca que timoneaba Caronte. Bajé con él desde el Purgatorio a los infiernos. El premio por aquellas hermosas descripciones fue el amor real de Beatriz y la gloria de la inmortalidad para el libro y su autor. De mí nada se dice, y ya sabes que si de algún defecto de vuestro catálogo puedo presumir es del de la vanidad.

»Veo en tu mesa una edición de ese libro, y sé que te acompaña desde hace tiempo. Yo lo salvé del incendio. Lo encontré escondido, ocultándose, protegiéndose del fuego junto a la tapia del jardín del antiguo convento. Otro antes que yo lo había dejado a buen recaudo y nadie mejor que tú podía ser su destinatario.

»Recuperé, y no sin trabajo, algunos de los libros que respetó el fuego y que fueron hurtados por vecinos de tu pueblo. Algunos me resultaron demasiado caros: tuve que hacer concesiones, alargar vidas e incrementar haciendas, pero ha valido la pena.

»Ya sabes quién ha sido la persona que envió un libro a cada uno de los pirómanos que quemaron la biblioteca: fui yo; sin embargo, no he sido yo quien hizo llegar a tu casa la historia de Satanás, te aseguro que no sé quién fue, y tengo puesto todo mi empeño en descubrirlo. Yo velo por ti, pero a ti te vigila un ángel que por nacimiento y bautismo tienes asignado. Ojalá haya sido él quien te envió el libro.

»Dante era una persona atormentada, carecía de sentido del humor, pero tenía muy desarrollados los valores de la lealtad y del afecto. La *Divina Comedia* es la gran crónica de la humanidad tal y como entonces se concebía, un libro de todas las lecturas que nadie lee entendiendo lo mismo. Perfeccionista como pocos he conocido, revisó una y cien veces el texto. Cuando lo dió a la imprenta fue recibido con gran regocijo por nobles y clérigos, y la escolástica lo tuvo como una de sus lecturas referenciales.

»Mantuve una buena y larga amistad con el Dante. Al final de su vida se volvió hosco, aunque era de natural huraño y esquivo, y adoptó una actitud mística en demasía. Mis visitas fueron espaciándose por no molestarlo, y cuando la muerte fue a visitarle, no pude estar a su lado.

»Por entonces no me había corporeizado; era sólo una presencia, una sombra que vagaba de un lugar a otro ocupándome de múltiples y peregrinas misiones.

»La inteligencia y las personas que a ella se dedican desarrollándola como principal tarea son una de mis debilidades menos disimuladas. Me atrajeron los artistas, los músicos, los pintores, las gentes de letras... por ellos me metí en no pocos conflictos. Debe de ser por la frecuencia con que halagaron mi vanidad. Les he dado todo lo que podía darles, más de lo que me estaba permitido; yo era su abogado defensor cuando alguno de mis compañeros les acusaban de desviarse de los principios pactados. Conocí a Leonardo da Vinci después de un juicio sumarísimo que puso en duda mi diabólica honestidad. Se reunieron las tres grandes hermandades secretas que dirigían la tierra conocida. La gran fraternidad de la Niebla envió desde Francia su *praesidium*. Al castillo romano de Sant'Angelo llegaron los hermanos del Cáliz de Ópalo, que venían de España y de Germania, y en Italia los esperaban los tres grandes maestros del Temple de la Luz. Nosotros, el Gran diablo Abelardo, enviado directo de mi señor Satán, el anciano Bafomet y yo mismo, asistimos como observadores a la más grande reunión de fuerzas ocultas que se celebraba desde la creación del mundo.

»Seis días con sus seis noches duró el cónclave, y se decidió crear un ser superior que dispusiera de todas las artes y de los conocimientos hasta entonces divulgados para que durante las generaciones venideras fuera ejemplo preclaro y modelo de todos los saberes.

»Eligieron a un joven toscano y lo llamaron Leonardo en honor al gran diablo que hasta ese momento coordinaba a todos los demonios que viajaban por la tierra. Leonardo da Vinci no era una única persona: fue el primer hombre colectivo que existió sobre la Tierra. Las tres sociedades secretas dispusieron de los más doctos entre sus sabios para que instruyeran al joven italiano. Un viejo pintor fue su mano; un matemático aquitano le regaló las fórmulas y los secretos de la geometría; Baldás, el anciano sabio ligur, lo introdujo en los conocimientos prohibidos, y el camarlengo del Papa lo cubrió con la Sábana Santa en el cruce de los días y las noches de la aldea Matrialia, cercana a Turín, para protegerlo de por vida.

»A mí se me encargó difundir entre los doctores y los nobles sus inventos, y a lo largo de los años pertenecí a su séquito. Leonardo viajaba por la noche, cabalgaba el viento. Hoy estaba en una ciudad y mañana se le podía ver a trescientas leguas; toda la magia estuvo a su disposición. Leonardo era al menos cincuenta personas; astrónomos egipcianos, físicos de la escuela cordobesa, pintores de Flandes, predicadores de Dalmacia fueron Leonardo, aunque el joven Da Vinci era su cara y el nombre que las ciudades y villas de Italia conocieron y legaron su memoria, que hoy está más viva que nunca. Estuve a su servicio, al servicio de aquel joven arrogante y airado que quería competir con Jesucristo y con Satanás, mi señor.

»Envejeció bordeando la locura, diseñando máquinas voladoras, reescribiendo los evangelios, obrando prodigios de charlatanes allí por donde pasaba. Murió longevo y a los tres días después de inhumarlo desapareció de la cueva donde estaba enterrado; nunca apareció su cadáver. Mantienen sus discípulos, sin duda los que robaron su cuerpo de la tumba, que Leonardo da Vinci resucitó y que volverá a la Tierra, que señales celestiales anunciarán su regreso. Yo debo decir, y estoy seguro de ello, que es una leyenda interesada y que Leonardo no regresará nunca.

»Con su desaparición terrenal nada más supe de las tres hermandades que lo crearon para ejemplo de las nuevas generaciones. Fui apartado de su custodia y casi me costó ser enviado al más inferior de los infiernos, pues una controversia acerca de uno de sus cuadros fue considerada por mi superior como una falta grave de disciplina.

»Yo conocí y denuncié al cardenal romano que, aficionado a las artes de la pintura, retocó el peinado de Juan el apóstol en el cuadro de *La última cena de Jesús* que pintó Leonardo. Aquella mano trazó unos rasgos que todavía hoy confunden a las gentes que admiran la pintura.

»Contarlo me costó el puesto y el destino. Fui enviado a tentar a los nobles peregrinos que andaban el Camino de Santiago. Fue así como vine a parar a estas tierras, donde me encuentro tan a gusto. Leonardo era el más presuntuoso de los hombres, el más soberbio y engreído; no era una buena persona, no eran buenas personas quienes lo crearon.

»Tuvo en sus manos el poder oscuro de lo oculto, bordeó todos los secretos del Santo Grial y los de sus celosos vigilantes, los caballeros de la muy secreta orden del Temple. Da Vinci fue un juguete en sus manos. Aquel joven que ignoraba casi todo era un maestro de la pintura y sus enigmas; llegó a pensar que era un ser perfecto, que podía ser una mujer sin dejar de ser varón y, para demostrarlo, pintó un autorretrato conocido como *Mona Lisa* o *La Gioconda*, nombres ambos supuestos para encubrir su verdadero origen. Conservó el cuadro en su casa, nunca lo vendió y hasta se negó a cederlo.

»Buonarroti, Miguel Ángel, a quien tuve el honor de visitar en su taller para convencerle de que tallara una roca esculpiendo a un ángel caído, era un sencillo artista de carácter pétreo como los materiales que utilizaba. Poco antes de morir maquinaba acerca de la posibilidad de que sus esculturas tuvieran vida real, compitiendo con el creador del hombre. Dotado del pecado de la ira, buscó y halló la perfección adentrándose en un clasicismo en movimiento.

»Sabes que he sentido un profundo respeto inicial por los hombres que labran las artes, y muy singular por el mundo de las letras y del pensamiento.

»He leído millares de obras que me interesaron más que sus autores, por lo general vanidosos e insoportables. Acaso Tomás Moro fue el más modesto en su soberbia de todos los que frecuenté.

»El siglo quince y el dieciséis me resultaron muy placenteros. Fue la primera gran explosión de las artes y yo por entonces mantenía virgen mi curiosidad. Aprendí el placer de la lectura con los clásicos modernos, pasando a los antiguos, a los precursores, después de leerlos. Fui un descubridor tardío de Aristóteles y de Platón, del teatro de Sófocles y de Plauto. Me puse al día en el siglo diecinueve, sin duda el gran siglo de la novela, leyendo, saboreando a los grandes narradores franceses y rusos. Después, el siglo veinte poco me ha interesado. Las grandes guerras europeas cambiaron el discurso estético y desmotivaron la creación.

»Así como estoy ahora contigo, estuve con Thomas Mann cuando escribió *La montaña mágica*. Leía cada folio con auténtica pasión, fue mi última gran novela como lector, no vaya a ser mal interpretado. Ya no puedo dictarte nada, ni guiar magistralmente tu mano; escribimos juntos una biografía encubierta de mi larga estancia, unos apuntes someros y párvulos, dejamos para mejor empeño la novela sobre el mal que tienes pendiente de escribir. En esta crónica recoges gran parte de tu obsesión juvenil, la búsqueda de las personas, las vidas de las cinco personas que quemaron la nueva biblioteca municipal la víspera de la fiesta del Carmen del año en que estalló la guerra.

»Llevado por ese afán que siempre mantuve y que forma parte de la educación que recibí de regirme por principios a contracorriente de la mayoría, salvé aquella noche muchos libros. Son varias docenas los volúmenes rescatados que puse a buen recaudo. Serán devueltos al lugar que les corresponde cuando corresponda devolverlos.

»Te estaba contando que quizá fuese Tomás Moro el más cabal de los hombres de letras que conocí. Era un inglés de buena familia "no ilustre pero sí honorable", como él mismo escribió en el *Epitafio*. Me ha interesado más que Maquiavelo y que el mismo Erasmo. A los tres tuve que estudiarlos para rebatirlos, y bien difícil que me resultó ponerme en contra de su *Utopía*. Los tiempos en que los diablos éramos seres demoníacos a jornada completa fueron pasando en la medida en que la sociedad se apartó de la iglesia y se hizo laica; nuestro peor enemigo fue primero el comunismo y después el capitalismo, nuestra última batalla perdida fue la revolución industrial, cuando el hombre comenzó a quedarse solo y volvió la espalda a Dios y, con él, al diablo.

»Nos mantienen de oficio en la Tierra aguardando a que retornen los viejos buenos tiempos, esperando una de esas crisis de identidad colectiva que vienen siendo cíclicas y el hombre busque a Dios, busque al diablo.

»Yo no la veré. Me siento muy cansado, que es otro de los sentimientos aprendidos de tanto escucharlo a los hombres y a las mujeres que traté. Debe de referirse a la pérdida de la curiosidad que nos mantiene alerta. A veces pienso que estoy a punto de sentir lo que sienten los humanos, es un estar en la frontera de los sentimientos y no poder dar un paso para cruzar al otro lado de la raya. Verdaderamente me siento muy cansado, con ganas de volver al lugar de donde he venido, de pasar una temporada con los míos antes de convertirme en aire, en brisa, en viento, antes de que el silencio viaje perdido en el viento de la memoria.

»Se me olvidaba citar a Borges, siempre me olvido de Borges y de Carpentier, de García Márquez y de Vargas Vila; son gentes del otro lado del español de los que poco sé. De Borges, sí; desayunaba con él en Ginebra junto al lago, prolongando la mañana en la lectura de periódicos hasta que al mediodía visitábamos los comedores de los hoteles decadentes de la ciudad suiza. Cuando se quedó ciego, comenzó a ver. Era uno de los grandes, sin duda. Si me entregaba su alma yo evitaría su ceguera y pondría el premio Nobel de Literatura a su alcance. A pesar de que deseaba ese premio, nunca consintió en la fácil transacción de vender su alma por alcanzar la gloria. Hablábamos en francés.

—Escucho con tanto interés como atención todo lo que me estás contando, pero poco voy a transcribir. No sé si creerte, me das miedo; siento que te pertenezco y no puedo decir siquiera «vade retro» porque no quiero decirlo. Puede más el afecto que todo el pánico que se apoderó de mí.

—No me perteneces, nadie me pertenece, ni yo mismo soy dueño de mi vida. En cambio, tú sí lo eres de la tuya. El hombre puede modificar su destino, enderezar eso que llamáis de manera eufemística los renglones torcidos de Dios. Los diablos tenemos escaso albedrío y menos libertad; los diablos somos un invento del hombre, los humanos inventáis todo según la medida de vuestra utilidad. Cuando todos los dioses de la antigüedad fueron bajados de sus tronos, aparecimos nosotros en el séquito negativo del nuevo dios que empezaba a nacer en las cuatro esquinas del mundo. Yo no te quiero porque no puedo querer, se me prohibió cuando me programaron. Yo sólo te utilizo como tú me utilizas a mí. La diferencia es que tú lo justificas agazapándote en lo que llamas afecto y yo, quizá por primera vez, juego limpio, estoy desenmascarado. No te puedo atemorizar, es tu inseguridad la que te provoca el pánico que dices sentir, un continuo hacerse trampas en el solitario sin saber cómo va a acabar esto.

Callé y mi silencio fue como la noche. La luna nacía en el firmamento. Atravesamos la vidriera del café como en un truco de feria y paseamos hasta la orilla del río. Cruzamos un puente; en realidad nos detuvimos en medio de un puente y contemplamos las luces de la ciudad reflajándose en el agua, haciéndonos guiños lejanos. Me preguntaba si mi acompañante sabría apreciar tanta belleza cuando las torres de la catedral se recortaban contra el cielo que era de un violeta tenue, un cielo malva, lleno de lilas, que tenía todos los colores del amanecer. El tic-tac de mi corazón avanzaba torpemente por mi pecho, perdía el compás y lo recuperaba; las sístoles perseguían a las diástoles por los recovecos de las arterias y la sangre era un manantial de agua fresca, una catarata frenética que ascendía hasta mi cabeza.

El río se dejaba llevar por una pereza de agua indolente. El río era negro, un océano de oscuridades que se recubría de plata dorada para cruzar ufano por debajo del puente. La noche tenía intacta la memoria de otras noches, de todas las noches, de la brisa y del viento, memoria del viento en el viento de la memoria.

Y estaba a mi lado, era ya una presencia inevitable; no lo veía pero notaba que estaba inmóvil junto a mí. No lo escuchaba pero estaba seguro de que me oía, y gritaba su nombre a una bandada de pájaros que recorrían la noche, y supo que lo llamaba porque pasó su mano por mi frente y secó mi sudor.

Me desperté empapado, mi mujer me miraba mientras susurraba no sé qué de otra pesadilla. Me recompuse, pretexté lo mal que me había sentado la cena y, antes de comprobar que la madrugada todavía no llegaba a las manecillas del despertador, bebí un sorbo de agua, apagué la luz de la mesilla y abrazando a mi mujer le comenté:

—¿Sabes que Leonardo da Vinci no existió?

Y le conté que fue un personaje colectivo, un invento de los poderosos de su época, una apuesta segura por la inmortalidad del arte.

—Anda, duérmete —me contestó lacónica.

La noche siguiente volví al puente; la luna seguía suspendida del cielo creciendo su medio paréntesis albo y el río mansurrón cantaba una melodía gutural de murmullos. Esperé media hora su llegada. Vino.

—Eres tú quien me traslada a tus sueños, quien me invita a contarte historias que tengo olvidadas. Yo tengo que defenderme, lavar mi imagen, recuperar mi denostado nombre. Todos los males me son imputados.

—Pues tú dirás.

—Me has culpabilizado en este mismo libro de ser el causante de las muertes que en los primeros días de vuestra guerra se produjeron en tu pueblo, sobre mis espaldas cayó el asesinato de los pobres abogados Pérez y Reverte, grandes amigos míos de la tertulia del Ateneo. Yo soy inocente.

—Creía...

—Lo evidente encubre muchas veces la realidad, la verdad. Los hombres se entrenaron en el ejercicio del mal, el hombre es capaz de idear, de ejecutar las mayores atrocidades y de no reconocerlas, de imputárselas a otro, aunque ese otro no exista, y es aquí donde entra el diablo como depositario de los males que ni siquiera le incumben. Pérez y Reverte fueron dos cadáveres que me ofrecieron los hombres, una trampa que pretendía provocarme y llamar mi atención.

»Los dos abogados eran masones, reivindicaban la fraternidad entre los hombres, rechazaban la guerra y la violencia, apostaban por la ilustración y la cultura. Pero sintieron miedo, miedo por algo que no habían hecho, por delitos que nunca existieron. Yo fui su educador y su amigo; ellos me esperaron durante mi estancia en el pueblo, fueron mis anfitriones y me rogaron que les anticipara los desastres que ellos ya intuían. Y así lo hice, les anuncié las muertes y las represalias, y les desvelé los nombres de los asesinos. Confiaban en la ley y en la justicia, pero los criminales fueron más rápidos. Me ocupé de que a sus familias no les golpeara la humillación y la pobreza, sus viudas y sus hijos nunca más volvieron al pueblo.

—¿Cómo fue posible tanta maldad?

—En el corazón de los hombres anida la maldad en la misma proporción que la bondad; a veces una de ellas manda sobre la otra y el hombre se asusta y se arrepiente de sembrar tanto dolor. La guerra de España, vuestra guerra civil, fue el gran laboratorio de la maldad. En los cuerpo a cuerpo, en las batallas de los distintos frentes en que combatían hasta la muerte miembros de una misma familia, estuvo depositada la esencia misma del mal; se idearon nuevas formas de ejercer el terror hasta entonces nunca pensadas, como los bombardeos aéreos de la población civil. Vuestra guerra inició un ciclo de dolor que pocos años después sería incrementado. Fue un ensayo general del odio, una orgía de rencores y de envidias que enfrentaron a los hombres que defendían la legalidad de un régimen que fue traicionado. El levantamiento contra la República constituyó un pretexto para despertar a la bestia. La muerte eligió España como campo de batalla y toda la sangre de un pueblo reventó contra las tapias de la noche, parapetos para el odio, todos los odios fusilados por el más grande de los pelotones de fusilamiento que nunca fueron concebidos.

»Yo me asusté, pues el consejo que regula nuestras acciones no imaginaba aquel paisaje de cadáveres; al principio redoblamos nuestra actividad, pasamos información al enemigo, cambiamos el orden lógico de las cosas, mezclamos los sentimientos en el corazón de las personas y, a los pocos meses de estallar la contienda, nos dimos cuenta de que aquella guerra nos superaba.

»Decidimos ser neutrales, algunas operaciones de mantenimiento para salvar Madrid y poco más. Puedo decirte, eso sí, que la labor de propaganda internacional que desarrollamos fue tan activa como eficaz.

»Acompañé a Madrid a centenares de muchachos brigadistas, soñadores franceses y nórdicos, idealistas que combatían el fascismo y que venían de Checoslovaquia o de Bulgaria, alegres aventureros norteamericanos o ingleses decididos a morir defendiendo la bandera de la libertad.

»Detuve muchas de las balas a ellos dirigidas. España fue su tumba, una gigantesca tumba anónima llena de olvido. En el mundo, España era un presagio, la guerra española fue una gran pasión, pasión de todas las pasiones antiguas que desconocía la palabra compasión en el alfabeto de los sentimientos.

»Las armas utilizadas en los frentes del Ebro o de Guadalajara, las tácticas militares, la organización de la insurgencia y los aparatos políticos que sustentaban el conflicto, los anarquistas y comunistas, los trotskistas y socialistas, los falangistas y requetés católicos, fueron los actores y la tramoya, los decorados y el texto del gran teatro bélico que estrenaba en provincias, en un escenario de la periferia, lo que a continuación sería la segunda gran guerra mundial. España sirvió de cobaya.

La guerra no era el objeto de mi libro, la guerra era el primer pasaje que el narrador leyó antes de interesarse por los cinco muchachos que quemaron la biblioteca municipal la noche del quince de julio del año treinta y seis.

Setenta años después, como quien dice, estoy escribiendo una párvula crónica de aquel suceso.

Sigue vivo en la memoria. El viento descose los jirones de otros tiempos, el viento es el culpable de que la memoria no se quede dormida en los libros de historia, es el responsable de que el olvido borre las huellas que no pudo borrar la muerte.

Viento del sur, viento de un verano, viento que aventas los recuerdos. Remolino de todas las memorias. Devuelve, viento, los libros navegantes, guíalos al puerto de partida, sería una gran fiesta, y propondría al consejo del municipio que en tu honor levantaran, viento, una estatua junto al muelle viejo, allí donde desaparecieron los libros.

Pronto volverá julio a traer el verano. Yo vivo permanentemente en el pueblo desde mi jubilación. La ciudad quedó atrás y en ella un fardo donde guardo todos los sueños. Mis hijos viven allí y los visito de cuando en cuando.

Todo este último tiempo estuve ocupado con los preparativos. El presidente de la comisión me encargó que sea yo quien lea el discurso, quien escriba el discurso. Vino lluviosa esta primavera, pero ya se notan los calores del estío y el olor, ese olor que anuncia julio y que viene cargado de recuerdos.

7

Balbino era un sanguinario. Era un asesino. Nació diez años antes de comenzar el siglo veinte. En el treinta y seis tenía cuarenta y seis años, era el mayor del grupo. Propietario de un aserradero de madera, causó el terror en toda la comarca. Lideraba una patrulla de facinerosos que se dedicaron a «pasear», a asesinar impunemente a docenas de demócratas y republicanos de los pueblos cercanos. Su especialidad fueron los maestros de escuela. Él no pudo entrar en la Escuela Normal de Magisterio y nunca se lo perdonó a sus compañeros, los que ingresaron en la carrera que él no estudió.

Se intercambiaban información. Su grupo recibía los nombres y domicilios de las víctimas, y, amparándose en la noche, emprendían el viaje en el Buick de Pepe Velo. Eran cuatro asesinos vocacionales, con los papeles repartidos en el teatro de la infamia. De los cuatro, Balbino era el más temido, el más salvaje, capaz de cometer las mayores atrocidades a los cadáveres aún calientes de las personas que él mismo acababa de ejecutar, hombres que no había visto nunca, que no le hicieron nada, que le imploraban que no los matase, padres de familia honestos y trabajadores que cometieron el delito de amar la libertad, de estar afiliados a partidos de izquierda, de creer que la República encarnaba los más altos ideales, personas que basaban su credo en la utopía de construir una sociedad más libre y más justa.

Balbino murió en los primeros meses de la guerra. Una bala certera le atravesó la sien derecha. Nadie supo quién apretó el gatillo. Balbino viajaba en la primera fila del coche de línea que enlaza con la capital. Al detenerse el autobús en la estación y sin esperar a que se apeara, un francotirador disparó su rifle desde una casa próxima. Nadie vio nada, la bala rompió el cristal de la ventanilla y entró limpiamente por la sien de Balbino. Murió en el acto sin ver la cara, sin sentir la presencia de un vengador certero.

Dicen que se iba a alistar para desarrollar tareas en la retaguardia. Otros aseguran que estaba huyendo de una amenaza cierta, que aquel viaje era la primera de las etapas de una huida.

Balbino escapaba de todos sus muertos, de una Santa Compaña con el tiro de gracia en la nuca, con terribles amputaciones que iban desde los genitales de los asesinados que Balbino metía obsceno en la boca de los cadáveres, hasta dedos y orejas en una autentica orgía de sangre y de terror.

Una vez, en Asturias, el temido grupo de Balbino llamó al azar a la puerta de una vivienda campesina. Tardaron en abrir, y cuando el cabeza de familia franqueó la puerta, le pidieron coñac. El hombre sólo tenía vino y aguardiente, y vino y aguardiente bebieron hasta emborracharse; para entonces, las tres hijas adolescentes y la mujer del propietario de la vivienda ya habían sido llamadas a sentarse en la sala donde bebían los cuatro asesinos. Al Cabezón, así llamado por su tan desmesurada como hueca cabeza, se le ocurrió manosear el pecho de la más joven de las hijas, apenas una niña. El padre se abalanzó contra el agresor y en ese momento Balbino vació el cargador de su pistola en el cuerpo de aquel sorprendido padre.

Acto seguido se repartieron el botín femenino, y las cuatro mujeres fueron violadas reiteradamente por aquella caterva de bestias salvajes.

La más joven de las chicas no lo pudo resistir y se clavó un cuchillo de los que se usan para la matanza. Murió desangrada delante de Balbino y sus secuaces.

Dicen que una de aquellas mujeres, la hija mayor, encargó a su novio que diera caza a la alimaña, a las alimañas que mataron a su padre y a su hermana, a las alimañas que las humillaron con las múltiples violaciones infligidas. Dicen que la bala que mató a Balbino la dispararon varias manos, varios dedos apretaron el gatillo cuando el coche de línea aparcó en la estación. Habladurías de los pueblos.

Una semana más tarde el cadáver hinchado y deforme del Cabezón apareció flotando en el puerto. Tenía las manos atadas con alambre, y los cangrejos ya le habían comido los ojos.

Cerca del pueblo apareció estrellado contra un árbol el taxi de Pepe Velo. Su propietario, sentado en el lugar del conductor, tenía el cuello partido; una mordaza cerraba su boca. Al igual que el Cabezón, llevaba atadas las manos con alambre.

Al abrir el maletero descubrieron en postura fetal el cadáver del cuarto componente de la banda criminal. Era el cuerpo de Mendes, el camarero portugués. Atado de pies y manos, murió estrangulado.

Un guardia civil retirado que leyó el expediente de las cuatro muertes me contó que buscaron en la casa asturiana donde mataron al padre y provocaron el suicidio de la hija, rastros de la venganza. Allí no vivía nadie. Pasarían muchos años hasta que llegó una carta de Francia donando al pueblo la propiedad de una familia que la guerra menor del odio y del rencor, la guerra que no combate en los campos de batalla, la guerra más vil, destrozó para siempre.

Esta historia anduvo en boca de los vecinos durante muchos años, hasta que el olvido apagó la llama de su memoria. Yo lo escribo como me lo han contado.

Balbino tenía libre aquella noche. Alonso se lo encontró y le invitó a participar. Balbino no era falangista, odiaba a los rojos desde que en su serrería hubo un plante sindical que supuso que quince de los veinte empleados se fueran a la calle despedidos. Nunca los reemplazó, prefirió recortar la actividad de la maderera a contratar a nuevos trabajadores. El líder del conato de huelga, Antón Silva, antiguo hombre de confianza del padre de Balbino y primero de los despedidos, encontró la muerte en una cuneta camino de su casa, nada más estallar la guerra. Todos en el pueblo acusaron a Balbino.

Acudió junto al grupo de falangistas; cuando llegó Alonso, se puso a su disposición para «lo que hiciera falta». Iba, por supuesto, armado; el revólver era su compañero desde hacía varios meses. Se le encomendaron las elementales tareas de vigilancia emplazado en la esquina que da a las cuatro calles, tras rogarle el jefe del comando que bajo ningún pretexto utilizase su arma.

Cuando los vecinos, sobresaltados por el incendio, acudieron a sofocarlo tras el toque a rebato de todas las campanas de las iglesias del pueblo, organizando la cadena de hombres que llegaba hasta la mar, Balbino permaneció impasible, sin moverse del lugar que Alonso le asignó cuando plantaron fuego. Fue una burla y una provocación. Todos los que le vieron sabían que Balbino no era ajeno al atentado incendiario contra la cultura, contra la memoria colectiva de un pueblo que, impotente, vio quemarse la biblioteca nueva la noche víspera del Carmen del año treinta y seis. Fue una noche dentro de la noche. Hacía mucho calor, un calor sofocante que viene aparejado al viento del sur, al mismo viento que cada mes de julio sienta plaza de brisa y aire en el pueblo.

Aquel ser vil y despreciable, asesino ávido de sangre, de muy extraña y singular personalidad, fue borrado de la memoria del pueblo; sus rastros fueron suprimidos de la crónica civil, aunque pervive en los recuerdos de los más viejos como referencia al miedo y a la barbarie. El aserradero fue intencionadamente quemado en dos ocasiones; la vivienda abandonada donde pasó su infancia y juventud permaneció muchos años sin que nadie se ocupara de ella, hasta que los inviernos estragaron techos y cubiertas, tejados y alpendres y, como un símbolo, se desmoronó sobre sí misma.

En la tumba de Balbino, las letras pintadas que componen su nombre y apellidos fueron borradas de la losa cada vez que las repintaban. La lluvia se sumó a la ceremonia de un cadáver sin identificación. Yo mismo, que visité en demasiadas ocasiones el cementerio, que tengo en la cabeza todo el censo y la ubicación de los muertos conocidos, no podría recordar con certidumbre en qué lugar del camposanto se alojan sus despojos.

Nadie ha vuelto a mentar su nombre, a comentar sus fechorías, a realizar el recuento de los muertos abatidos por su pistola y por su odio. El pueblo no lo cuenta entre los suyos, y el castigo de su muerte en la estación de autobuses de la provincia fue acogido con más alivio que pena. Los vecinos, todos los habitantes del pueblo se libraron de una pesadilla, de un baldón que pesaba sobre sus conciencias.

No existe, que yo sepa, ni descendencia ni familia de Balbino. La infamia tiene sus leyes implacables, dicta sentencias justas y en esta historia la semilla del mal no quiso arraigar en las tierras del poniente, y la memoria, como todos los ríos que nacen en las fuentes del pensamiento, se fue desvaneciendo en la mar océana del olvido.

El peor de los asesinos nacidos en el pueblo desde que el pueblo tiene noticia de sí mismo nunca recibió un ejemplar de los libros rescatados del incendio de la biblioteca como sucedió con los cuatro restantes, con sus compañeros de sabotaje. Hay personas a quienes los libros evitan para que no perviertan el discurso escrito en sus páginas. Los libros se asustan cuando una mirada maldita se entromete en el texto. Ningún libro escrito por el hombre podría resultar balsámico para Balbino, ninguno.

8

«Excelentísimas autoridades, queridos vecinos, señoras y señores: Casi no sé cómo empezar. He sido elegido para saludarles en este día en el que culmina toda una historia a la que he dedicado gran parte de mi vida. Hoy asistimos a la reinauguración de la nueva biblioteca municipal...»

Me temblaba la voz, el eco resonaba sobre los dos centenares de personas que llenaban la placita que está situada justo enfrente. Ya iba para setenta años, hacía casi setenta años desde que tal día como hoy ardiera el edificio con todos los libros dentro.

Pasaban de las nueve de la noche y el calor de julio, el bochorno que cada año viene con el viento del sur, motivaba, junto con mi nerviosismo, que nada más comenzar el acto ya estuviera empapado de sudor. Subido en la tarima, custodiado por dos maceros municipales con uniforme de gala y junto a dos banderas, me apoyaba en el atril donde estaban los folios que leía parsimoniosamente mientras mis palabras parecían rebotar contra las vidrieras de las galerías volviendo a mi boca. Llevaba mucho tiempo preparándolo; desde que dieron mi nombre al alcalde pasé varios meses dándole vueltas al texto que leía en estos momentos. Mi vida, desde que era un muchacho, estuvo marcada por una obsesión: recuperar la memoria, escribir la historia, averiguar todo lo posible acerca de quienes destruyeron la casa de los libros, acusar directamente a los incendiarios.

Lo que comenzó casi como un juego, un rompecabezas de fácil encaje, se fue convirtiendo en una pasión extraña que duró medio siglo. Hoy tenía que contarlo en un cuarto de hora para que la síntesis, los materiales con que fui reconstruyendo aquella noche y las vidas de los autores del sabotaje, no resultara tediosa.

No distinguía a nadie entre el público. Un foco situado justo enfrente de mí me cegaba e impedía que viera a las personas que llenaban la plaza. Interrumpí el discurso, se me rebeló el texto escrito y sobre el atril sólo había folios en blanco. Se me acercaron los dos chavales con la lata de gasolina. Alonso estaba un par de metros detrás hablando con Balbino; yo no les oía, era como un susurro, un extraño zumbido que me mareaba. A mí no me podían ver porque desde el lugar en que leía el discurso ellos quedaban detrás. No se movían, el olor intenso de la gasolina se mezclaba con el sudor que ya empapaba todo mi cuerpo, estaba perdiendo el sentido, me estaba cayendo a cámara lenta y era sujetado por los maceros municipales. De repente volé por encima del barrio de los marineros y pude comprobar los últimos preparativos para la kermés del Carmen. Los papeles del discurso acompañaban mi vuelo. Sudaba a chorros.

Fue un vahído que duró un eterno par de segundos. La gente me estaba aplaudiendo, debía de ser uno de esos puntos y aparte que requieren un largo silencio y una inflexión de voz para que las personas que te escuchan rompan en aplausos, debió de ser eso.

Continué con el guión escrito de mi intervención, enumerando uno a uno a los responsables del incivil atentado;

casi por orden de aparición conté cómo era el pueblo por entonces, y señalé —compruébenlo ustedes mismos— la suave persistencia de aquel inexplicable olor a azahar que sólo podía percibirse por estos señalados días desde que ardió la biblioteca. Y el recordatorio aromático se intensificó al citarlo, y el olor fue perfumando la noche.

En la primera fila, como una sombra vestida de domingo antiguo, encorvado y apoyado sobre un bastón estaba Elías. Testigo de cargo, regresaba a buen seguro de una página de la historia que la historia misma había desgajado del libro donde están escritas todas las noches. Miraba al suelo; no alzó los ojos durante todo el tiempo que permaneció frente a la tribuna de las autoridades. En una esquina, yo seguía leyendo mi discurso.

El viento del sur, el asfixiante viento del sur no se perdió un solo párrafo del texto. Vi cómo la luna se perfilaba en el cielo, redonda en su redondez de plata. La luna se quedó fija, como clavada en el firmamento cuando yo estaba dando noticia de Abel Abeledo, *Chipirón*, hijo del Choco y gran benefactor del municipio. Estaba mirando para su hijo Renato, presente junto al alcalde, al gobernador y al lado del ministro de Cultura de la nación, en la tribuna instalada junto a la puerta principal de la biblioteca.

«... Y dentro de aquel libro, un sobre abultado dirigido a su hijo contenía las últimas voluntades no expresadas en el testamento. Estamos hoy aquí porque en esa carta don Abel dejó escrita su intención de reconstruir la biblioteca según los planos originales que se conservaban en el Ayuntamiento, e incorporar los más recientes avances que en materia de archivos y bibliotecas existan en el momento de su reinauguración. Dejó una importante provisión económica que fue incrementada por Renato Abeledo, su hijo aquí presente, para quien pido una ovación sincera.»

El aplauso resultó atronador. Chipirón ya descansaba en paz. Reparó una afrenta salvaje, saldó la deuda contraída con sus paisanos y su conciencia, y una placa, ironías de la vida, recuerda el carácter filantrópico de su donación. De incendiario paso a ser el benefactor de un parque de bomberos. Lo cierto es que la nueva biblioteca es un orgullo local, un orgullo colectivo de todo el pueblo.

Dentro del sobre, don Abel suplicaba a su hijo la pronta recuperación del edificio: «Lo que no quise hacer en vida, te lo encargo a ti para que después de mi muerte te ocupes de restituir a quienes les pertenece, al pueblo de este valle, el edificio y la biblioteca que yo mismo quemé. Nunca pude perdonarme aquel delito. Te ruego, querido Renato, que una vez construida busques con la ayuda de los mejores especialistas los libros que llenen todos los estantes, y seas previsor y generoso con los avances modernos que sirvan para mejorar la biblioteca que destruimos». Y Renato se ocupó de cumplir el encargo paterno.

Se levantó el edificio según los planos originales conservados en el concejo, se cubrió con una pirámide de cristal el patio central y se dotó de calefacción y aire acondicionado todo el edificio. Los lucernarios del piso superior dejaban que la luz descendiera sobre las salas de lectura. Informatizaron la clasificación de los libros que llegaron de donaciones, compras de bibliotecas privadas e incluso una cesión de libros procedentes de la Universidad.

Tres años duraron las obras. Hoy lucía orgullosa, con la presunción de un ave fénix de piedra y cristal, de maderas nobles y de toda la memoria que la historia fue escribiendo en los anaqueles y en los libros que la biblioteca custodiaba.

Utilizaron materiales ignífugos y puertas cortafuegos en las salas para evitar maldiciones perversas y tentaciones reiteradas. Continuaba el discurso preguntándome por los libros que permanecían ocultos en algunas casas del pueblo y exigí su devolución anónima por el mismo método en que fueron robados. No eran muchos, pero ya no tenía sentido que permanecieran en bibliotecas privadas. Los libros ya tenían donde alojarse.

Volví a buscar con la mirada la sombra del pasado, volví a buscar a Elías en la primera fila. Ya no estaba. Ocupaba su sitio Luciano Bello, recién llegado de Dios sabe dónde. Se dio cuenta de que lo estaba viendo y me saludó con una leve inclinación de cabeza. Luciano Bello estrenaba traje. Era un nuevo terno de príncipe de Gales, muy parecido al que vistió durante estos pasados lustros. La suave raya azul era en el nuevo traje de color rojo, y el sastre que lo cosió modernizó las hechuras con una chaqueta de tres botones, recta, que sustituía a aquella otra, elegante y cruzada del anterior terno. Todo un símbolo para el nuevo tiempo que se inauguraba significó para mí la vestimenta que el diablo estrenaba. Fueron muchas las visitas que ambos hicimos a la obra de la construcción de la biblioteca. Yo lo consideraba como algo mío, era el final de un sueño, el epílogo que siempre quise para esta crónica, para esta historia a la que pongo colofón en esta noche, la misma noche de la inauguración, la cálida y bochornosa noche de este quince de julio, víspera del Carmen.

Luciano y yo visitamos las obras en múltiples ocasiones. Aparecía de forma repentina y me informaba de los avances que el edificio iba a incorporar, me daba cuenta del mimo con que Renato comprobaba los progresos. Éste viajaba cada mes desde Caracas para supervisar las obras. Eran el auténtico legado de su padre; las empresas, la siderurgia, los bancos, el dinero no eran nada comparable con aquel templo de la cultura que estaba levantándose en el lugar que había ocupado la biblioteca pública municipal. Dos edificios idénticos, construido el último siguiendo los planos originales pero sin que nada tuviera que ver con el antiguo. El primero era el pasado, con éste se abría la puerta del futuro y los años transcurridos entre aquel y este julio eran una bisagra, un gozne que si antes cerró todas las puertas hoy las estaba abriendo al viento de la memoria, al viento del sur que cuenta las historias de un pasado que no queremos olvidar.

El alcalde quiso subrayar en su discurso que hoy por fin la guerra estaba concluida, y que si miramos para atrás sólo vemos los recodos del camino, las curvas de la vieja carretera, mientras si queremos alcanzar el horizonte debemos dejar que la mirada viaje hacia el futuro.

Sonrió el diablo cuando escuchó la torpe metáfora retórica del alcalde, que no pertenecía a ninguna de las familias significadas en la antigua contienda civil.

Para mí sí estaba terminando, con la inauguración de la biblioteca, la guerra del treinta y seis. Y como no podíamos devolver la vida a los asesinados, a los represaliados de los dos bandos, el nuevo edificio era el monumento erigido a su memoria, a la memoria de todo un pueblo, de todos los pueblos de España. Contra la intolerancia y contra el miedo, contra la ignorancia, la cultura como remedio.

Muchas noches vino Luciano a mi lado, el diablo para quien había previsto un «vade retro» que se oyera por todo el valle, un «no te acerques, retrocede...» cuando le imputé todos los males que estaban ocurriendo y le acusé sin conocerle, de ser el depositario del mal, de difundir la maldad, de emponzoñar el corazón de los hombres.

Nos quedan muchas conversaciones pendientes, largos paseos por el malecón con la mar como límite y frontera, como testigo de todas las confidencias. La mar guarda en los ecos que vienen y van con las olas las conversaciones de los enamorados y la última de las voluntades de los suicidas. Creo que en toda mi vida sólo he tenido un amigo, un compañero que nadie ha visto, una persona escasamente visible y que nunca ha sido producto de mi imaginación ni desvarío de orate. Luciano Bello, que morirá cuando yo muera, que moriremos juntos por imperativo legal pactado con Dios por, según me aseguró, el Consejo Supremo del poder diabólico, ha sido mi gran amigo, el más leal de todos los amigos que he tenido.

Y para culminar mi intervención me referí a él, auténtico motor de este trabajo que estaba culminando: «Desde muy joven me interesé por este tema, me fui apasionando con una investigación juvenil que satisfizo mi curiosidad cuando supe el nombre de los culpables. Nací cuando ya el estruendo de los cañones se había acallado y la sangre se secaba en muros y tapias, nací cuando el recuerdo y la memoria peleaban contra el olvido. Una tarde de otoño contemplé un espectáculo de fantasía y malabarismo sobre el tapete de una mesa de billar, un forastero encadenaba carambolas imposibles. Yo era un muchacho cuando vi jugar al billar a Luciano Bello. Tendrían que pasar muchos años hasta conocer su nombre. Aquel viajante de comercio que frecuentaba nuestro pueblo me animó a completar esta historia. Donde quiera que se encuentre, que el viento de la memoria le haga llegar mi gratitud con toda mi admiración».

Estaba en la primera fila, sonriente y ufano escuchando cada una de mis palabras; todas eran merecidas. En los folios de mi discurso, en las páginas del libro que contenía toda la historia que iba desde el incendio hasta la recuperación de la biblioteca y que mañana iba a regalar el Ayuntamiento que patrocinó la edición, estaba contada parte de nuestra historia conjunta.

Era consciente, cuando lo citaba, de que mi vida la definió un demonio, el diablo, Luciano Bello, quizá la cara oculta de Dios, el compañero de mi ángel de la guarda que no huyó a buscar a otra persona cuando me hice adulto. Luciano fue, y continúa siendo hasta el final acordado de nuestras vidas, mi referente vital y espiritual.

Las mañanas de misa en la colegiata me acompaña y me presta su voz para que yo cante solemne los motetes litúrgicos. Los dos, cada uno a su manera, somos dos perdedores que ya encontramos el camino que nos va a conducir hasta el final. Tengo una pena muy grande. La pena de no poder compartir a Luciano con los míos, presentárselo a la gente que quiero, que mi mujer se ría con sus ocurrencias más divertidas, que mis hijos hubieran aprendido con sus enseñanzas. No ha podido ser. El gran embaucador no vive en mi imaginación, vive conmigo y junto a mí. Logró meterse en mi cabeza y vigilar mis pensamientos, vela mi sueño y manejó la tarea impuesta de escribir este libro.

Va a resultar cierto que los diablos pierden su corporeidad al ser descubiertos, va a ser verdad que son producto de la fe y que creer en ellos es igual o muy parecido a creer en Dios, porque, si no lo he contado, en mi tierra aseguran que Dios es bueno, pero que el diablo no es malo.

Y para mí no lo ha sido. Las cinco personas que quemaron la biblioteca fueron recorriendo estas seis décadas, casi siete, que median entre las dos vísperas del Carmen, la del treinta y seis y ésta, en los dos centenares de páginas de este libro. Fueron recorriendo mi vida y otras vidas para encontrarse con la suya en un texto sin rencor, sin miedos y sin olvidos, mirando la verdad con la cálida lente de la emoción. Pensé dejarlo, me aconsejé no seguir escribiendo, dudé de que esta historia pudiera interesarle a alguien, y fueron los libros supervivientes, los libros de mi pequeña biblioteca, los libros que construyeron mi vida, los que me obligaron a seguir, a concluir la historia.

A ellos me debo; han sido y siguen siendo mi placer más cercano, la más cuerda de las locuras narrada en miles de historias con las que he levantado castillos en el aire y afianzado el entramado que sostiene mi cultura. En los libros he aprendido a ser persona, con los libros eduqué mi personalidad.

El acto cívico concluyó con un emotivo y sucinto discurso de Renato Abeledo, un canto a la verdad y al honor, una loa a sus padres con especial acento en la vida y en la obra de Chipirón, el fundador de la saga empresarial, el muchacho que colaboró en el incendio alevoso de la biblioteca y que fue quien dispuso en sus últimas voluntades que se recuperara para los ciudadanos una nueva biblioteca costeada a sus expensas.

Los abrazos al finalizar el acto sellaban el fin de un largo período. Los comentarios y el rencor dejaban expedito el camino del olvido.

El verano vino para quedarse y el viento del sur, el viento de la memoria, se arremolinaba por todas las encrucijadas del pueblo. El calor sofocante del verano sentaba a la noche en las terrazas, los veraneantes de julio tenían el privilegio de las mañanas soleadas, en agosto las noches refrescan mucho en el poniente, en los lugares de la costa que invade el turismo.

Mañana, antes de que comience la kermés de la Virgen del Carmen y de que las orquestas amenicen la verbena del barrio antiguo de los marineros, van a entregar este libro que conmemora la párvula literatura de la desmemoria.

Su edición corre a cuenta del Ayuntamiento. Me quedo huérfano y solo. Su redacción me acompañó tanto tiempo que tengo que inventarme otras historias para paliar la soledad y el vacío.

Bello paseó conmigo después del acto de la reinauguración. Dimos un rodeo por la parte alta del pueblo hasta llegar a mi casa. Caminamos un buen rato y por primera vez permanecimos en silencio durante toda la caminata. Nos detuvimos a contemplar la vista excepcional de la ría y los puentes, nos extasiamos y dejamos que se perdiera la mirada más allá del horizonte. Tanta belleza hizo que derramara unas lágrimas. Nos sentamos en uno de los bancos de piedra del sendero de los tilos y la luna bajó a poner su luz de plata a nuestros pensamientos.

Nunca regresaron los libros al muelle viejo, no volvieron al punto de partida. Se los quedó la mar, la mar que trae y lleva. Fueron su botín y su tesoro y en las bibliotecas marinas descansa para siempre el rimero de libros perdidos que navegaron todos los mares conocidos y la mar ignota para llegar a ninguna parte.

En el muelle viejo los chavales cuentan a quien quiera escucharles la leyenda de los libros peregrinos, dan razón de una flotilla de libros nautas viajando con las corrientes marinas por todos los puertos secretos. Están convencidos de que algún día regresarán.

La mar trae y lleva a su antojo toda nuestra memoria. La mar es caprichosa como una adolescente.

Viveiro-Madrid
Julio, 15 de 2005,
víspera del Carmen